小説アイドル力

あかるいほうへ

今木清志

みらい
PUBLISHING

プロローグ　山城まりあの決意

ほのかなピンク色の花びらが散り始めた通りを歩いていた。この道がこれからの通学路になる。山城まりあは、期待に胸をふくらませずにはいられない。

交差点を右に曲がるとすぐに、西日本総合短期大学が見えてくる。

そばにはプロ野球中継でおなじみの大きなドーム球場。人気のレジャースポットであるビーチも近いので、夏になるといっそうにぎやかになる、福岡でも人気のエリアだ。

昨日入学式を終えたまりあは、今日から本格的にここでの大学生活をスタートさせる。まりあが入るのは、メディア・プロデュース学科。大学では珍しく芸能が学べる学科だ。メディアやエンタメ関係の授業があることはもちろん、学科のカリキュラムの一環として、アイドル・演劇・声優・歌などのユニット活動がさかんに行われている。まり

あはアイドルユニットに入るつもりで、授業開始を心待ちにしていた。

「アイドルになりたい」

そう思ったのは小学校三年生のとき。ＡＫＢ48に憧れて、『ヘビーローテーション』を毎日まねして踊っていた。

どうしたらアイドルになれるかなんてわからなかったけれど、中学卒業後はダンスの強豪校に進学した。しかし、あまりのレベルの高さについていけず、二年生のときに部活をやめてしまった。

それでもやっぱりあきらめきれなくて、進学先として探し出したのがこの大学だ。まさか、アイドル活動をやっている学科があるなんて。初めは驚いたが、これは運命だと思った。

ダンスに挫折した自分がアイドルをやりたいと

は両親に言えず、オープンキャンパスには内緒で参加した。そのとき見た、現役大学生の歌って踊るキラキラした姿は今でも忘れない。

(私もこんなふうに踊りたい！　見てくれる人を楽しませたい！)

その日のうちにこの学科を受験することを決めた。

両親に打ち明けたのは、念願の大学に合格したあとだった。父は応援してくれたが、母は、「学生アイドルを二年間するだけなら、まあいいっちゃない」と冷ややかな反応。なんとなく母の気持ちもわかっていた。きっとまた途中であきらめると思っているのだろう。

でも、これで念願のアイドルをやれる！　今はとにかく、そんな期待で胸がいっぱいだ。


「あのっ……面接のとき、一緒やったよね？」

オリエンテーションの教室へ向かう途中、ふいに声をかけられた。確かに見覚えがある顔だった。

「えーっと、舞台の制作志望とか言ってた？」

入試面接の日、すれ違いざまにかわいらしい笑顔で話しかけてきたのを思い出す。

「そう！　私、森下舞っていうの。よろしくね」

「私は山城まりあ。こちらこそよろしく」

「どっからきたん？」など、ありきたりな初めましての会話をしながら、「この子、私より断然アイドルじゃん」と少し焦る。それほど舞の笑顔は自然でかわいかった。

（こういうオーラを持った子たちと一緒にアイドルをやるのか……）

そう思うと、何とも言えない不安がわきあがり、みるみる自信がなくなっていく。


教室に入り、ふたりは隣に座った。周囲にもやっぱりかわいい子が多い。

「みなさん、入学おめでとうございます。今井聡です」

しばらくすると白髪混じりの優しそうな男性が教室の前に立ち、話し始めた。

「今年からこの大学に赴任してきました。みなさんの学校生活が充実するよう、力を入れていきますのでよろしくお願いします。私は何より、チームワークが大事だと思っています。みなさんが目指している芸能という世界

は、チームワークで成り立っていると言っていいでしょう。ですから、自分だけがよければいいというような心構えで過ごしてほしくありません。お互いにコミュニケーションをとり、力を合わせて高め合う二年間にしましょう」

優しそうな雰囲気とは裏腹に、ピリッとした空気を感じた。まりあは思わず身が引き締まった。

クラス全体にも緊張感がただよい、自己紹介が始まった。

簡単に自己紹介だけをする子もいれば、特技を披露する子もいる。キレキレのダンス、手話、モノマネ。声優志望の子は、アニメのキャラクターの声マネをしてみんなを笑わせた。

女優志望だという滝沢聖羅は、ダンスを披露した。かわいい雰囲気だが、踊り出した途端スイッチが入ったようにオーラが変わり、目が離せなくなる。

　さらには、明らかに芸能人だなと思う子もいた。

「橋本萌です」

（うわ、顔ちっさ……！）

　本能的に別格の存在だと思った。自己紹介によれば、全国的な知名度があるメジャーなアイドルグループの研究生だった。こんな子でもまだ研究生なのかと、自分に絶望したりもする。

「あまり一緒に活動はできないかもしれませんが、普通にみなさんと大学生活を楽しみたいです。よろしくお願いします」

　甘い世界じゃないことは十分にわかっていたのに。入学前に母に言われた言葉を思い出してしまう。

　――芸能の世界はきっと厳しかはずよ。無駄な二年間を過ごすことになると思うけど。

　まりあの自己紹介の番だ。クラスメイトからの視線を一斉に浴びる。

（やっぱかわいい子ばっかりやん……。ていうか、みんなスタイルいいし、服もメイクもめっちゃおしゃれじゃない？　私、浮いとらんよね……？）

理想と現実のギャップがこんなにもあるなんて。ダンスに挫折した今の自分に何ができるんだろう。

「山城まりあです。ずっとやりたかったアイドルができるということで、ワクワクしてます」

その気持ちに嘘はない。だからこそ、最初から気持ちで負けない。

無駄な二年間にするものかと決意を込めて、まりあは宣言した。

「この中で誰よりも輝ける、笑顔を届ける存在になります！」

chapter 1
坂口詩織の葛藤

二年生に進級した詩織たちのもとに、
東京から新しい先生がやってきた！
元プロデューサーだという今井先生によって
ＭＰ学科は大きく変わり始めて……。

親友

馬場 奈緒子

今井先生

オカン
みたい

ほっとけ
ない…

相談

信頼

坂口 詩織

後輩
たち

山城 まりあ

森下 舞

滝沢 聖羅

のどかな春の香りがする大学の中庭。

坂口詩織は友人の馬場奈緒子と昼食をとっていた。ふたりは西日本総合短期大学メディア・プロデュース学科、通称「西短MP学科」に通う二年生。進級したばかりで、先輩になったという実感はまだない。

「ってかさ〜、聞いた？　ユニット名変わるって」

そう言って奈緒子が弁当の卵焼きをほおばった。クラスメイトの間では、最近その話題で持ちきりだ。

MP学科には四つのアイドルユニットがある。今年から、その名称が変わると噂になっていた。四つのユニットはどれも重厚な漢字の名前で、詩織は〈銀河〉に所属していた。

「十年も続いとったし、まさかうちらの期で変わるとはね」

「確かに。でもなんかちょっと固いし、いつか……とは思ってたかな」

「どんな名前になるんかな。どうせやったら覚えやすくてかっこいいのがいいよね」

目をキラキラと輝かせる奈緒子。自分の気持ちに正直で、感情をストレートに表現できるのが奈緒子の魅力だ。

「名前が変わったってやることは同じだよ、きっと。それより奈緒子は今年こそ早起き頑張るんでしょ」

「う〜。そのオカンみたいな言い方やめて」


詩織は高校まで新体操をやっていた。小学生の頃、男の子が新体操をやる感動系ドラマに夢中になった詩織を見て、「そんなに興味があるのなら」と、父が新体操教室に連れて行ってくれた。はじめはドラマの影響を受けた軽い気持ちだったが、やがて体で表現することの魅力にとりつかれていった。高校を卒業してからも表現活動ができるところを探して、この大学を選んだ。そこで詩織が出会ったのが「演劇」だった。

(演劇なら、ずっと表現できる)

大学にアイドル活動があるとは思っていなかったが、すべてが表現力の向上につながると思い、演劇ユニットに加えてアイドルユニットにも入り、全力で取り組んでいる。

午後の授業は、今年赴任してきたばかりの今井聡先生のテレビドラマ論。授業計画(シラバス)には「様々な時代のドラマの映像を見せながら、プロデュースや演出の立場から、表現の仕方や制作の過程について解説する」と書かれていた。二年生の授業の中で、特に楽しみにしていたものだ。

教壇に立つのは、白髪混じりの笑顔が優しい素敵なおじさまだ。

でも、どこかで見たことがあるような……。

今井聡、プロデュース……。ふいに言葉と顔が結びつき、思わず隣の奈緒子に小声で尋ねる。

「この先生って、一年のときにゲスト講義でうちにきたドラマのプロデューサーだよね?」

「今さら?」とあきれ顔の奈緒子。

「なんでここに? しかも先生で」

「さあ。それはわからんけど、シラバスの名前見て気づかんかった?」

「全然。もしかしてみんな気づいとった?」
「しっかり者やのに時々抜けてるよね」と、奈緒子にからかわれながら、ユニット名が変わることよりも、今井先生が来ることのほうが噂になれよと詩織は思った。

詩織が一年生のとき、一回きりの特別講義「テレビドラマの作り方」のゲスト講師として来てくれたのが今井聡先生だ。

東京のテレビ局でプロデューサーをつとめ、誰もが知るようなドラマもたくさん制作していた。

テレビ業界の現場にいた人の話は、何もかもが新鮮で、詩織はすっかり聞き入ってしまった。「ギャラの高い芸能人は誰ですか?」というミーハーな質問にも丁寧に答えてくれたことを今でも覚えている。

今井先生の授業は、初めのオリエンテーションからひと

味違っていた。今後学ぶ映像作品を次々と流しつつ、各回のポイントをテンポよく紹介していく。

(映画の予告みたい……面白い!)

どんどん講義への興味がわいてくる。受けたことのない授業スタイルに、教室の学生みんながワクワクしているのを感じる。

(だけど、なんでプロデューサーやめて大学の先生になったんやろ?)

最後に質問の時間があったが、さすがに尋ねることはできなかった。

「ねぇ、今井先生がなんでここに来たか気にならん?」

奈緒子はきょとんとしたあと、「別に」と肩をすくめた。

「うちはそれより新しいユニット名のほうが気になるわ」

やっぱり自分たちはとことん正反対だ。

詩織は時間や約束をきっちり守るタイプで冷静。奈緒子

は時間にルーズで直情的にはっきりものを言う。そんな真逆のふたりだが、なぜかいつも一緒にいる。

「一年生と一緒になるの、あさってやっけ？」

「そうだね」

「そんときユニット名も発表されるかな？」

「それよりどんな一年生が入ってくるかのほうが気になるよ」

こんなに正反対の奈緒子となぜここまで仲良くなれたのか、自分でも不思議だった。


二日後、MP学科の一・二年生が同じ教室に集められた。

（私、先輩になったんやね）

そわそわとぎこちない様子の一年生を見ていると、少しずつ実感がわいてきた。

教室の脇には北島先生と前田先生が立っている。北島先生は三十代半ばの女性で元ダンサー。ダンスの授業やアイドルユニットの振り付けを担当している。前田先生は現役のラジオパーソナリティで、話すスキルを磨く授業の担当。二十代と若く、この学科の卒業生でもあるので、学生たちと近い存在だ。ほかにも、演技の授業を担当している遠山先生は、女優であり、福岡のテレビ局で朝の情報番組の司会もしている「福岡の顔」。

さらに今年からは、元プロデューサーの今井先生も加わる。芸能のプロが勢ぞろいだ。

しばらくすると、今井先生が前に立った。

「今年度から学科長になりました、今井聡です。授業では、テレビドラマ論や映画論、ジャーナリズム論などを担当します。そして、学科のユニット活動も指導していきますので、よろしくお願いします」

今井先生が学科長。教室がわずかにざわついた。普段冷静な詩織でさえ、興奮していた。

「てことは、今井先生がうちらをプロデュースしてくれるってこと？」

小声で尋ねてきた奈緒子に「そうだね」とうなずく。

私たち学生アイドルにプロデューサーがつく。それはまさにプロの世界に近づくということだ。

手元に資料が二枚やってきた。

「今お配りした資料に、それぞれの所属ユニットが記載されています」

学生たちは資料に目を通し、新しいユニット名と自分の所属を探す。

「四つのユニット名は〈はな組〉、〈ほし組〉、〈かぜ組〉、〈そら組〉となります」

「かわいい！」「宝塚みたいー」歓声が上がる。今までのやや固い漢字のユニット名が、ひらがな表記でかわいらしくなっていた。

「ユニットごとのイメージは、〈はな組〉は清楚なイメージで、〈ほし組〉はダンスをメインにかっこよく、〈かぜ組〉はかわいらしさを前面に押し出し、〈そら組〉は元気ではじけた感じの特色をと思っています。元のユニット名やこれまでの活動をリスペクトしてエッセンスは残しつつ、エンターテインメント向きな名前にしました」

詩織は〈ほし組〉に所属が決まっていた。しかもリーダーだ。

〈はな組〉になった奈緒子は、「たしかにかわいいけど、もっとFLASHみたいなかっこいい感じがよかったなー」とつぶやいている。

FLASHは全国区で活動する大所帯のアイドルグループ。奈緒子のあこがれであり、この業界を目指すきっかけでもあった。それも悪くはないけれど……。

（はな、ほし、かぜ、そら——なんだか軽やかでいいじゃない）

今井先生は続ける。

「そして、四つのユニット全体を合わせて〈西短MP学科さくら組〉と名づけて、活動していきます。さらに、学外のイベントなどに出る際に、この中から選抜された七名のメンバーが、〈西短MP学科さくら組〉の名称で出演することになります。それでは、もう一枚の資料を見てください」

一斉に資料をめくる音がする。

「『福岡を元気に！　プロジェクト』をスタートさせます。この〈西短MP学科さくら組〉と、西日本総合短期大学メディア・プロデュース学科をより多くの人に知ってもらいつつ、みなさんの力でこの福岡を盛り上げていくプロジェクトです」


教室内は一気にどよめいた。資料には新しいオリジナル楽曲の制作とミュージックビデオの撮影、さらに楽曲のお披露目としての配信ライブの日程が記載されていた。

特にざわついていたのは二年生だ。それもそのはず。『人間模様』というオリジナル楽曲が作られたのは詩織たちが入学するだいぶ前で、誰もが自分たちの期で新曲が作られるとは思っていなかった。

（なのに、ミュージックビデオなんて！）

そんなものは今まで一度も作られていない。

「今井先生やるやん！」

嬉しそうな奈緒子に、偉そうに言うなと突っ込みつつ、詩織も同じ思いだった。

（どうしよう、ドキドキしてきた）

「新曲のレコーディングに向けての選抜ボーカルメンバーと、MVでのフォーメーション、配信ライブで楽曲披露するメンバー七名は後日発表します。各ユニット、制作チーム、一丸となって練習に励んでください」

教室内がピリっと反応した。

MVのフォーメーション、選抜されるたった七名、その中でもセンターは誰になるのだろう？

「披露メンバーが実質の選抜ってことか」

奈緒子がユニット資料を指で弾く。

「それでは体育館に移動して、ユニットごとに自己紹介してください」

北島先生に促され、移動が始まる。二年生の微妙な緊張感を、一年生も肌で感じているようだった。

新しいことを経験できるという期待、これまでにない何か大きなことが起こるという不安、それらが入り混じった少し張り詰めた空気。でも決して嫌じゃない。むしろ、ワクワクしている。

口には出さなかったが、きっと誰もが思っていた。

メディア・プロデュース学科に大変革が起きている。

外の暖かさと違って、体育館の床は少しひんやりしていた。ユニットごとに座り、自己紹介をする。リーダーになった詩織には〈ほし組〉のメンバーをまとめる役割がある。

（先輩、だもんね）

五人で輪を作り、話を進める。〈ほし組〉にはユニットの持ち歌として『人間模様』が割り当てられていたが、それとは別に、ダンスに特化したユニットにふさわしい楽曲を決める必要があった。

「一年生の山城まりあです。よろしくお願いします！」

ひときわ元気な挨拶をするまりあに尋ねる。

「ダンス経験はどんな感じかな？」

「えっと、ですね……」

途端に歯切れが悪くなったのを感じて話題を変えようとしたが、まりあは続けた。

「高校の途中までダンス部やったけど、部活続かなかった感じです。やけん、正直ちょっと戸惑ってるっていうか。このユニットに入って」

二年生の佳奈がすかさずフォローを入れる。

「大丈夫。私なんかこの大学に入るまで、授業で踊ったくらいしかやってなかったし」

それを聞いて、まりあは少しほっとした様子だ。

「そうなんですね。でも、高校で続かなかった分、リベンジするつもりで頑張ります」

「リベンジ、いいね。じゃあまりあちゃん、やってみたい曲ってある?」

「BLUE FAIRYが好きなんで、『STARS』をやってみたいです」

BLUE FAIRYは、最近人気が出始めた韓国の女性アイドルグループだ。

「『STARS』私も好き。曲がめっちゃいいし、ダンスもかっこいいよね〜」

二年生きってのK−POPオタクの朱莉が乗っかる。

「ああいうのやれたらいいなって思います」

「わかった。ありがとう!」

(うん、いい感じやな、このチーム)

その後もいくつか候補が上がりながら、楽曲やダンスの話で盛り上がったが、最終的には初めに戻る形で『STARS』に決まった。

さらに今後の練習のスケジュールを決めていく。基本的には授業の空き時間にユニットごとに練習するのだが、一年生の前期は特に授業が詰まっていて、なかなか一・二年生のタイミングが合わない。そのため必然的に練習は放課後や

昼休みになる。

　最初は各自で動画を見ながら、「振り落とし」と呼ばれるダンスの振り付けを覚える作業を行う。一年生は『人間模様』と『STARS』の振り落としを並行してやらなければならないので大変だ。

　異文化コミュニケーションの授業を終え、詩織と奈緒子は次の教室へ向かっていた。

「『あかるいほうへ』の音源聴いた？」

　詩織はもちろん聴いていた。最近、新しいオリジナル楽曲『あかるいほうへ』の音源がみんなに送られた。さわやかで耳に残るメロディ。明るい方に向かって進むトキメキ感いっぱいの歌詞。これを歌って踊れるのかと思うと舞い上がって、もう二〇回はリピートしている。

「めちゃくちゃよくなかった？　マジ今Ｐ天才！　これはＭＶも楽しみ」

　確かにＭＶもとても楽しみなのだが……今ぴ？

「あ、今井プロデューサーを略して、今ピーね」

　どうやらみんなそう呼んでいるらしい。

「ボーカル選抜もやけど、楽曲披露の選抜は誰になるんやろ。うちと恵の予想では、詩織と明菜は固い気がしてる」

　恵と明菜は〈はな組〉の二年生だ。明菜は見た目も清楚なイメージで、歌もダンスも上手い。詩織

の中でも一番のセンター候補だった。
「奈緒子と恵も入っとると思うよ」
「そりゃもちろん、そのつもり。でも、特にオーディショ
ンがあるわけでもないけん、怖いよね」
（そうなんよね、オーディションがないって、一番怖い。
何を見られてるやら……）
ユニットごとの練習成果を見せる学科内お披露目会はも
ちろん、日頃のボイストレーニングや練習の様子、生活態
度など、チェック項目はいくつもありそうだ。良くも悪く
も普通の学校生活ではなくなった。
しかし、芸能の世界では当たり前なのかもしれない。
（シビアな空気を今から体験できるのも悪くないよね）
瞬く間に時間は過ぎていく。授業に練習にバイト。たま
に友だちと遊んで、それからまた練習……。春めいた季節
は終わり、刻一刻と選抜発表の日が迫ってくる。

発表を一週間後に控えた六月上旬、突然、北島先生に呼び出された。

（なんだろう。ドキドキするな）

北島先生の研究室は「オーディション対策室」と呼ばれ、多くの学生が相談などで訪ねている。詩織もそのひとりだ。

「どうかされましたか？」

「大丈夫、そんな怖い話じゃないから。LINEでもよかったんだけどね」

そう言いながら北島先生が、詩織の向かいに座る。

「今度新しくね、森下舞っていう一年生が〈ほし組〉に入るの」

何を言われるのかと思っていたが、少しほっとした。でも、このタイミングで一年生が入るのか。

「ただね、ダンス初心者なの。八月頭の配信ライブもあるし、〈ほし組〉リーダーとして指導してあげてほしくて」

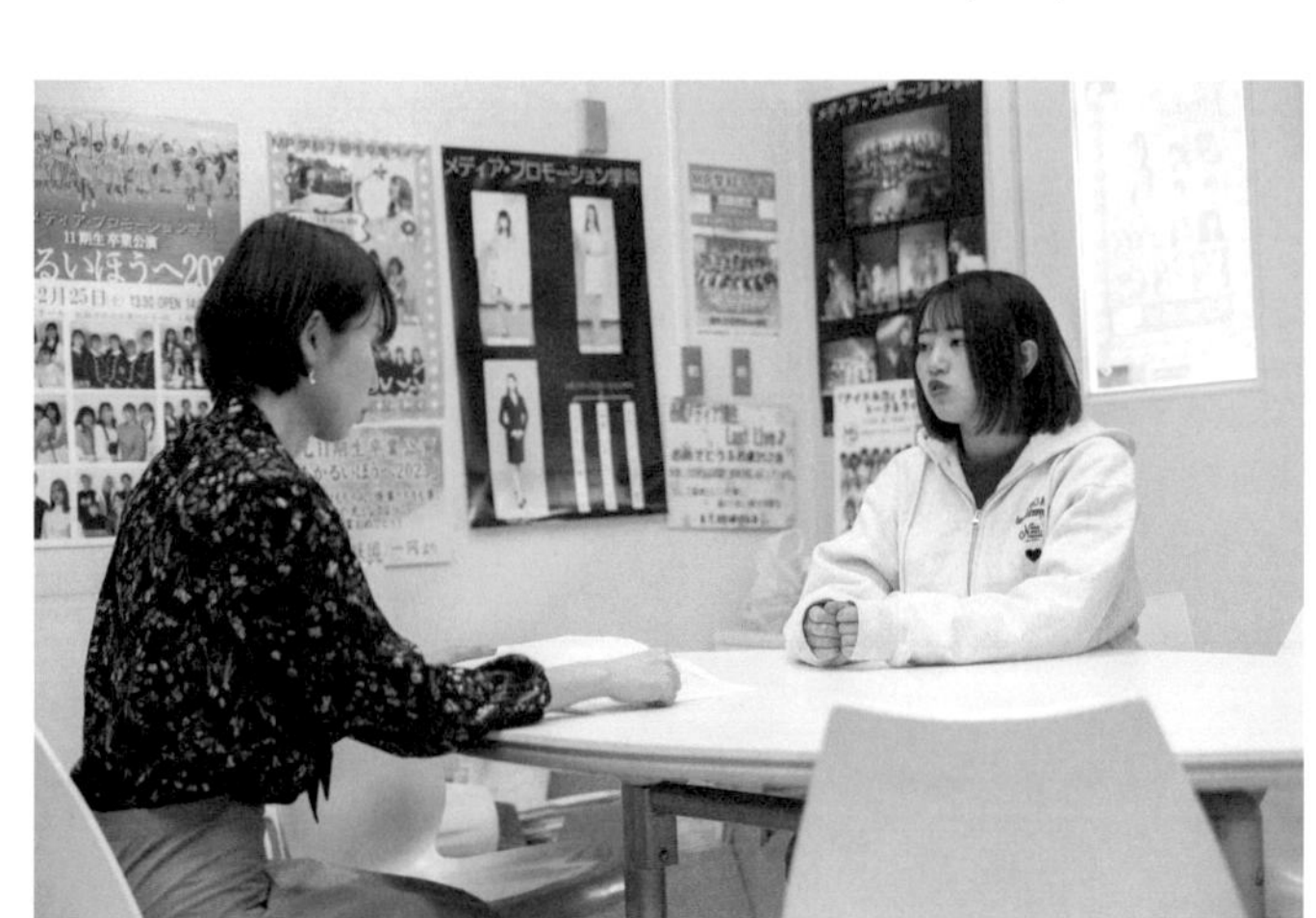

「わかりました。でもなんで今なんですか？」

「今井先生が舞をどうしても〈ほし組〉に入れたいって」

今井先生……。この際、聞いてみようか。

「あの、ずっと気になってたんですけど、今井先生ってどうして西短に来られたんですか？　ドラマのプロデューサーやったのに」

北島先生は「わかるわかる、不思議に思うよね」と笑った。

「今井先生ね、何年か前に心筋梗塞で倒れたらしくて。そのときに、今まで自分がテレビ業界で学んできたことを、若い世代に伝えたいって思ったんですって。それで教える仕事を選んだそうよ」

でも、なんでこの大学に？　確か福岡出身でもないし。

「日本全国でいろいろ探したらしいけど、こういう学科ってあまりないそうよ。まあ珍しいもんね。見つけた中ではここが一番、自分の経験を活かせると思ったんだって」

あと、福岡のご飯がおいしかったって話よ、と、北島先生は笑ってつけ加えた。

(最後の決め手はご飯か)

冗談でも、地元のご飯を気に入ってもらえるのは嬉しい。ずっと気になっていたことがわかって、詩織はようやくすっきりした。

「あとね、学生にとってもよかったと思うけど、それだけじゃないの。先生たちが連携をとれる仕組

みを作ってくれてね。実際、私たちがすごく助かってるのよ。そういうところ、さすがプロデューサーよね」

梅雨に入り、雨が校舎の屋根を打ちつける。MP学科全員が体育館に集められ、いよいよ選抜メンバーの発表だ。

気持ちを落ちつかせようと、もう何度も深呼吸をしている。奈緒子も今日ばかりは緊張を隠せないようだ。

「まず、選抜ボーカルから発表します」

みんなの前に立つ今井先生が、ひとりずつ名前を呼ぶ。

最初は持田明菜。呼ばれた瞬間、安心と喜びにあふれた顔を見せる。

（そうだよね、嬉しいよね）

詩織は、せり上がってくる期待も不安も、できるだけ意識しないよう、発表を聞き続けた。ガッツポーズする子もいれば、静かに喜ぶ子もいる。

「――坂口詩織。以上五名になります。レコーディングに向けて、練習よろしくお願いします」

（選ばれたんだ、私）

じわじわと高揚感が胸の奥に染み入る。

「まあボーカルはしゃーない。ボーカルイコール選抜メンバーってわけじゃないと思うし」

奈緒子はそう自分に言い聞かせているようだった。強気な言葉と裏腹に、明らかに落ち込んでいるのがわかる。かける言葉が見つからなかった。

「次に楽曲披露の七名ですが、この七名が〈西短MP学科さくら組〉の選抜メンバーになります」

ざわついていた学生たちが一瞬で静まり、体育館に緊張が走った。

「一人目はMVでのセンターにもなります。そのセンターは」

全員が次の言葉に集中する。

「坂口詩織」

（やった……！）

思わず声を上げそうになった、その感情をぐっと押し込める。

奈緒子もいる、選ばれなかった仲間もいる。張り詰めた空気の中でそれはできなかった。詩織は静かにお辞儀した。みんなの顔を見られない。

しかし、次に呼ばれたのは奈緒子だった。さっきまでの落ち込みが嘘のように、満面の笑顔でガッツポーズをする。

（奈緒子も選ばれた！）

その素直で無邪気な反応に少し救われた。

次々と選抜メンバーが呼ばれていく。一年生からも〈はな組〉の滝沢聖羅と〈ほし組〉の山城まりあが入っていた。一年生に負けたという言葉が合っているのかはわからないけれど、そう感じているかもしれないクラスメイトを見ると、センターになったことを素直に喜べなかった。

突然、詩織の背中に衝撃が走る。

「うちら全員のセンターなんやし、しっかり頼むよ、詩織せんぱい！」

奈緒子がニヤリと笑う。平手打ちのように、ばちんと背中を叩いた犯人だ。

「痛いよ、奈緒子」

ケラケラと笑う奈緒子を見ながら、でも……と思う。

（私がセンターなんだ）

覚悟が決まった瞬間だった。

それからはまさに怒涛の日々だった。選抜メンバー全員の授業の空き時間が合うことはなく、昼休みや放課後に個々でダンスの練習をする。

配信ライブではユニットごとのステージもあるので、授業の空き時間は〈ほし組〉の練習に割いていた。

それに加え、入ったばかりの森下舞の練習もマンツーマンで見ていた。舞は驚くほど練習熱心で、ダンスも初心者とは思えないほどの上達を見せていた。うまくできなかった振り付けも、次の練習までには必ずマスターしてくる。その前向きな姿勢に刺激され、自分も負けていられないと思えた。

選抜メンバー全員での練習は朝の授業前しか時間をとれず、毎朝七時半には学校に集まっていた。

そんな中、詩織たちボーカル選抜メンバーの五人は初めてのレコーディングに挑んだ。プロ仕様の機材に囲まれてのレコーディングは、最初こそ緊張したものの、エンジニアの丁寧な指示や今井先生のアドバイスを受けながら、充実した環境で気持ちよく歌えた。無事にレコーディングが終わると、大きくひとつ、肩の荷が降りた。

梅雨が明けた七月、念願のMV撮影の日がやってきた。

撮影は二日間に渡って行われる。本格的な撮影機材に、初めて見るドローンカメラ。学生たちは興奮を隠せず、やけにハイテンションになっている。今井先生はみんなの緊張をほぐすように声をかけていた。つられて詩織も声をかける。

「いっぱい練習してきたんやから、大丈夫。楽しんでこう！」

一日目の撮影は、糸島市にあるキャンパスで行われた。福岡市の中心部にあるMP学科のキャンパスとは違い、豊かな自然に囲まれた場所。

全員でのダンスシーンでは、練習してきた成果をこれでもかとぶつけた。みんなで一緒に撮影できることの楽しさで、これまでの苦労や焦りは吹き飛んでいた。

二日目は、通い慣れたキャンパス内での撮影。同じ場所でも撮影機材を通して見ると、また別の世界に見える。映像制作のプロの方たちの指示のもと、すべてを順調に終えた。

レコーディングとＭＶ撮影を無事に終え、やっと配信ライブに集中できるというときだった。朝の選抜メンバーの練習に奈緒子の姿がなかった。珍しいことではない。朝に強くない奈緒子はよく寝坊し、遅刻していた。

ただ、その日の練習には、最後まで来なかった。練習終わりに一年生の滝沢聖羅が詩織の元にやってくる。

「詩織先輩、ＭＶ撮影終わったからってこんなぬるい感じでいいんですか？　まだ配信ライブがあるんですよ」

ドキリとした。これまで余裕がなくて、奈緒子の遅刻の件はど

こか頭の外に置いていた。
「奈緒子のことだよね。ごめん、私からちゃんと言っておくね」
「お願いします。私は選ばれたっていう責任を持ってやってるつもりです。一年生でも選ばれたかった子もたくさんいますし、二年生ならなおさらですよね？　だからこそ、私は自信を持って選抜メンバーとしての責任を果たしたいんです。奈緒子先輩だけを特別扱いしてほしくない」
　ごもっともだ。返す言葉もない。

　その日、一限の授業にまで遅刻してきた奈緒子は、詩織の隣に座るとすぐ謝ってきた。

「ほんと練習ごめん」

「これからは気をつけてね。配信ライブもあるんやから」

「わかっとるって。ほんとにごめん」

　この程度のやりとりではきっと何も変わらない。

似たようなことは一年のときにもあった。連日のバイトで疲れた奈緒子の遅刻が目立ち始め、注意したことがあった。

「もー、詩織は、うちのオカンかって」と冗談交じりで返す奈緒子に「まじめに話してるのに」と少し腹が立ち、顔に出たらしい。

「詩織が責任感が強いのはわかるけど、うちに押しつけんといて」

とケンカになった。そのことを思い出し、どうしても強く言えなかった。

(聖羅ちゃんに言われたときは、今日こそしっかり言おうって思ってたんだけど……)

次の日の朝。練習の時間になってもまたしても奈緒子は現れない。聖羅が詩織のところにやってくる。とっさに二年生の明菜がフォローする。

「詩織は昨日ちゃんと奈緒子に言ったんだよ」

何も言えなくなる聖羅。さらに詩織は加える。

「奈緒子は一年のときからこんな感じなの。授業も遅刻するし」

聖羅の様子を見て、余計なことを言ってしまったと思った。

「だからって許されるんですか？　選ばれなかった人たちの前でそんなこと言えますか？」

そのときだった。

「ごめんなさい。少し遅れちゃった！」

奈緒子が練習室に駆け込んでくる。

聖羅はそれ以上何も言わず、準備運動を始める。どこかギスギスした空気の中、その日の朝練を終えた。


日差しも強くなり、すっかり夏になっていた。空き時間の舞とふたりでの練習を終えて、詩織はひとり中庭で休憩していた。

青い空を眺めながら、聖羅に投げかけられた言葉を頭の中で何

度も振り返る。

――私は自信を持って選抜メンバーとしての責任を果たしたいんです。

――選ばれなかった人たちの前でそんなこと言えますか？

そこへ今井先生が通りかかった。

「詩織さん、ちょっと今お時間いいですか？」

（今度は何事だろう）

今井先生の研究室には、ドラマや映画のブルーレイやDVDがずらりと並んでいた。壁には、先輩たちのライブや発表会のポスターなどが貼られている。

「〈ほし組〉はどうですか？　急に森下舞さんを入れたので、大丈夫だったかと気掛かりで」

「〈ほし組〉は大丈夫です。特に舞ちゃんの急成長ぶりには、みんな刺激を受けています。私も舞ちゃんのおかげで

頑張れているところがあります」

　今井先生は、それはよかったとコーヒーを口にした。

「しかし、〈ほし組〉は、というと、ほかで何か問題でも？」

　しまったと思った。でも、ここはきちんと相談すべきなのかもしれない。けれど、遅刻の話をすれば奈緒子はどうなる？　万一のことになったら……？

（それでも、先生の言葉であの遅刻癖が治るなら……）

「実は奈緒子の遅刻が多いのが問題で、選抜組がどこかギスギスしてるんです。私にもどうにもできなくて。奈緒子は一年のときからそうなんです」

「それはね、北島先生からもよく聞いています。

選抜メンバーに選ばれたら、意識が変わって行動を改めるようになるかと思いましたが」

今井先生の言葉に、詩織は急に不安になった。

「まさか、選抜から」

その先の言葉を口にすることができなかった。私のせいで、奈緒子が。

「大丈夫です。奈緒子さんにはもう一度チャンスをあげます。仮に選抜から外れることになっても詩織さんのせいではないです。私の責任です。最終的にこちらが決めることなので」

「あの子はただ朝に弱いんです。夜遅くまで毎日バイトして、その後ひとりで練習したりしてるから。本当に、本気でアイドルやりたい子なんです」

わかっていますと、今井先生は本当にすべてを見透かしているような様子だった。

「それでもチームワークは大事だと思いませんか？　詩織さんはみんなのリーダーです。リーダーとして、奈緒子さんと舞さんだと、どちらがチームの士気を上げる存在になると思いますか？」

「……せめて配信ライブまで一緒にやりたいです」

それしか言えなかった。リーダーとしてではなく、友だちとしての言葉だった。

夏の暑さが厳しくなるにつれ、徐々に前期の授業が終わっていく。

今井先生と奈緒子の間で、どんな話がされたのかはわからないが、何かがあったのは確かだった。

詩織と先生が話してから、奈緒子の遅刻は明らかになくなったからだ。自分がきっかけだと思うと、本人に聞くに聞けなかった。

「放課後、時間ない？」

珍しく奈緒子から話があると言われた。何かいやな予感がして、ドキドキしながら第一スタジオで待っていると、奈緒子がやって来る。

「うち、今日遅刻したやん」

実は今日、奈緒子は久しぶりに朝練に遅刻してきた。しかし詩織は「いつものことやん」とあえて笑って返した。

「今Pと約束したんだよね。一度でも遅刻したら、選抜から外していいって。やけん、うちは選抜としては配信ライブ出れん」

詩織の鼓動が早くなる。

「今Pは朝練来てないし、五分くらいの遅刻わざわざ言わ

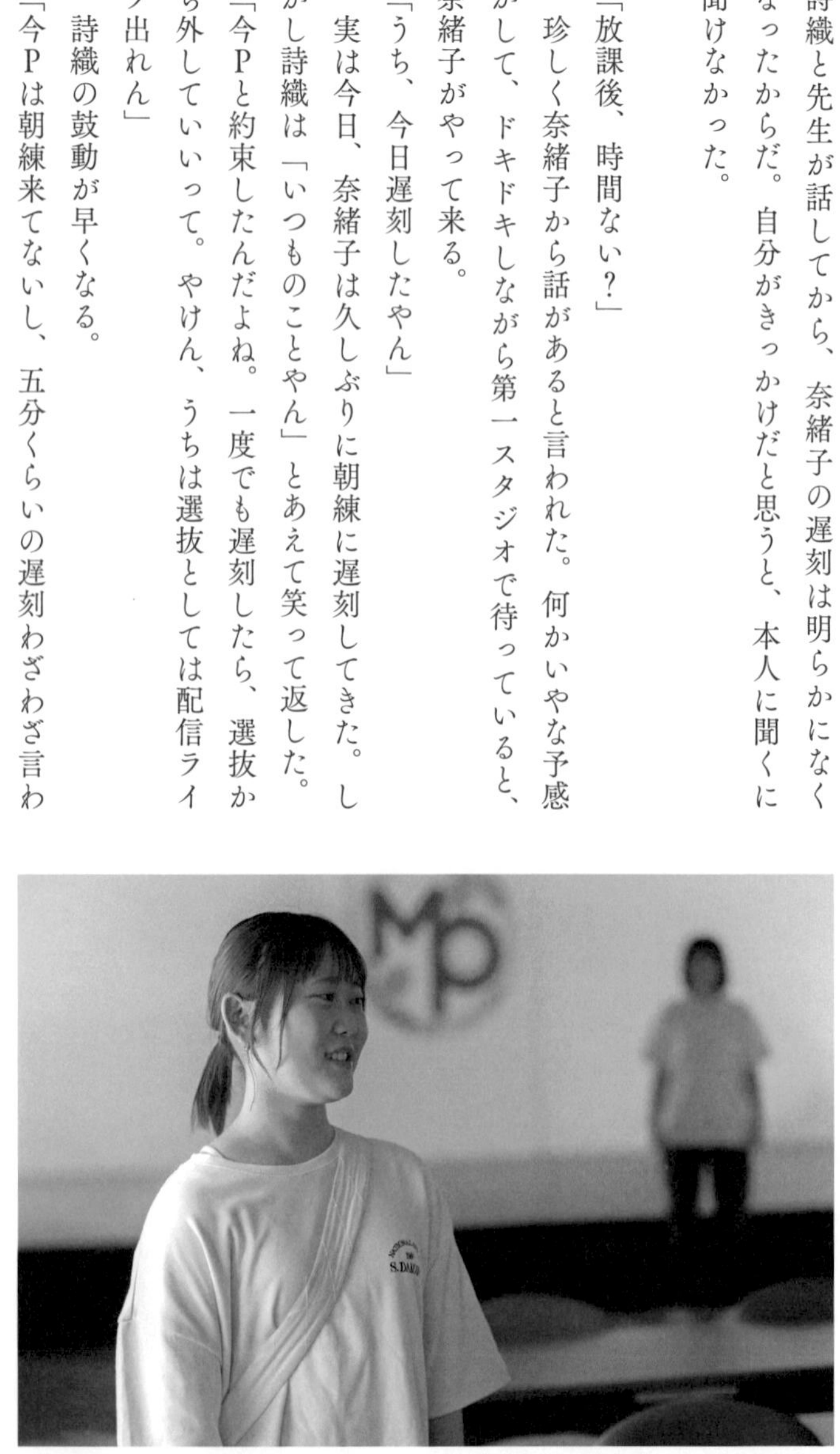

なくてよくない？」

「嘘つけんからさ、うち」

奈緒子はスタジオを出ていく。

「奈緒子！」

詩織は思わず呼び止めた。

「〈はな組〉で頑張るけん大丈夫。代わりに舞って子が選抜に入るって」

「でも……！」

「詩織は悪くない。むしろありがとね。一緒に配信ライブ出たいって言ってくれて」

奈緒子は詩織をひとり置いて、スタジオをあとにした。

詩織はひたすら後悔した。あのときもっと強く注意していれば違ったのだろうか。リーダーとして、友だちとして、もっと自分にできることはなかったのだろうか。

最近鳴き始めた蝉が、うるさくて仕方なかった。

馬場奈緒子が選抜を外れ、一年生の森下舞が選抜に入るというニュースは一瞬で広まった。奈緒子が自分から降りたという噂も立ったが、本人はそのことについて全く話さなかった。

それは一時期MP学科をざわつかせたが、やがて前期のテストやレポート提出に追われる日々が押し寄せ、嵐のように過ぎ去った。

舞はというと、〈ほし組〉に急に入ったときと同じように、立ち位置や振り付けをすぐに覚えていった。センスがいいとか物覚えがいいとかいうことではなかった。誰よりも朝早くに来て、ひとりで自主練習をしている姿勢に、選抜メンバー全員が感化された。

大学は夏休みになり、配信ライブ当日を迎える。エアコンがガンガンとスタジオを冷やす中、学科のみんなは立ち位置

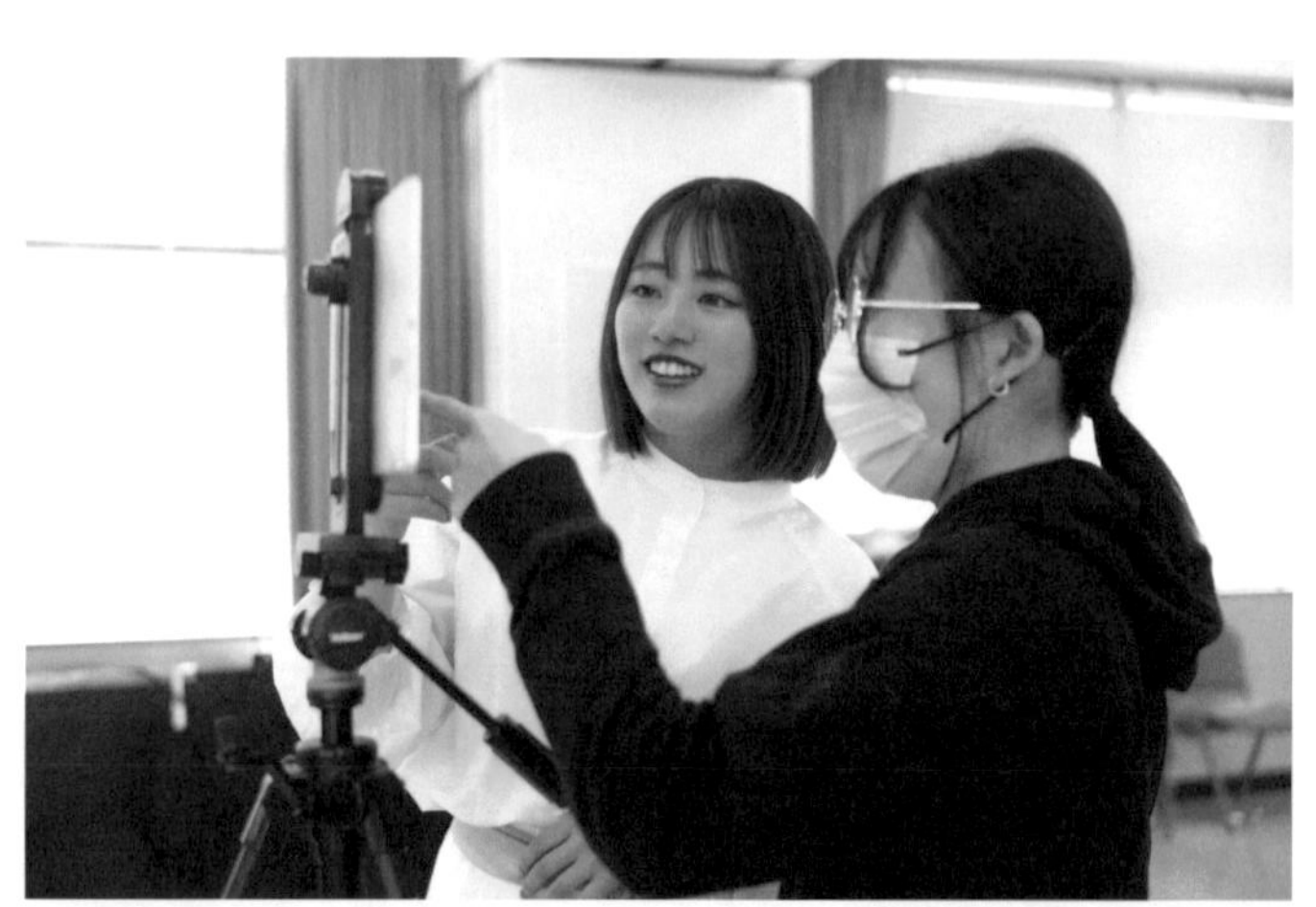

を調整したり、カメラチェックをしたりと熱気を帯びている。今井先生がみんなを集めて円になる。

「これから初めてファンのみなさんやお客さんに、新曲『あかるいほうへ』と新生ユニットを披露します。みなさん、授業の合間をぬっての練習、よく頑張りましたね。だから今日も大丈夫です。配信ライブ後にはMVも公開されます。私はひと足先に完成品を見ましたが、とてもいい出来栄えでした。全員の努力の結晶です。もうみなさんは立派なアイドルです。では、詩織さんからも」

急に振られて「えっ？」と戸惑う。

「えぇっと……うん。今日までいろんなことがそれぞれにあったかもしれない。初めてのことばかりだったし。でも、みんながいたから歌えるし踊れます。だから今日という日を一緒に楽しもう！」

「おー！」

全員で声を上げ、それぞれがスタンバイする。緊張がほぐれない様子の舞を見かけ、声をかけようとすると、奈緒子が「大丈夫だよ」と背中をポンと叩いていた。

（うん、大丈夫）

制作チームの合図が聞こえる。

「もうすぐ、配信スタートです！　5、4、3、2、」

さあ〈西短MP学科さくら組〉の始まりだ。

chapter 2

滝沢聖羅の挑戦

女優になる夢を叶えるためMP学科に入学した聖羅。
そこでなんと大好きなアイドル、萌と急接近！
萌から刺激を受け、芸能の世界への憧れを再認識した
聖羅は大きなオーディションに挑戦するのだが……。

アイドル
橋本 萌
クラスメイト
推し♡
先輩
坂口 詩織
尊敬
頼りになる♪
滝沢 聖羅
応援
スゴい人
今井先生
意識…?
山城 まりあ
中学の友だち
西田 朋美
本村 玲

心地よい疲労を感じながら、滝沢聖羅は福岡の地下鉄に揺られていた。学科ライブを無事に終え、達成感でいっぱいだ。

毎年十一月に行われる学科ライブは、アイドルライブ、演劇、アフレコ、歌など、MP学科のすべての活動を披露するステージ。大学近くの唐人町にある小劇場を借り、台本や演出、音響、照明まで、すべて学生が担当する。

聖羅はアイドルライブと演劇の二つのステージに参加した。そして、やっぱり自分はお芝居が好きなんだと実感していた。

小学生のころ、父と一緒にドラマを見るのが好きだった。普段はわりと無表情な父が、ドラマを見ているときだけは泣いたり笑ったり、いろいろな感情を見せてくれた。

（ドラマってすごい。私もあんなふうに誰かを感動させてみたい……）

いつしか聖羅は女優になることを夢見るようになった。

高校生になると、勉強のかたわら芸能事務所のオーディションにも挑戦した。そして、卒業後に東京へ行くか迷っていたときに見つけたのがこの大学だ。短大で芸能を学べるなら、福岡でもう少しスキルを磨くのも悪くないと思った。

女優を目指している聖羅にとって、最初はアイドルとしての活動が恥ずかしかった。もともとアイドルは好きだけど、自分がやるとなると話は別。

(でも、やるからには選抜に入りたいし、センターになりたい!)

持ち前の負けん気の強さで努力して、選抜に入れたときは心から嬉しかった。

(アイドルから女優になる人もたくさんいるし、それもありだよね)

最近では、むしろそれが近道かもしれないと思っている。

翌日、聖羅は今井先生の研究室に呼び出された。

「学科ライブ、大成功でしたね。聖羅さんの演技、とてもよかったです」

これが本題でないのはわかっていたが、素直に「ありがとうございます」と頭を下げる。

「二年生の詩織さんから聞きましたが、カフェのシーンは聖羅さんが考えたそうですね」

「はい、一応私が考えました」

というか、気づいたら任されていた。

「二月の卒業公演ですが、脚本・演出チームに入ってみませんか? 私がこの学科に来る前はアイド

ルユニットだけの卒業ライブをやっていたそうなんですが、今回からは演劇公演にしようと思うんです。アイドルのライブやモデルウォーキング、アフレコや歌、ダンスなど、学科の活動のすべてをひとつのストーリーにして見せていくつもりです」

（え……。それって脚本を書くってこと？）

思わぬ申し出に、困惑してしまった。

「脚本は詩織さんにメインで書いてもらうつもりです。それをぜひサポートしてほしいんです」

「えっと、嬉しいんですが、すみません。私にサポートできるのか自信なくて。少し考えさせてもらってもいいですか？」

「もちろんです。気になることがあったら、いつでも相談してください」

全然イメージできなかった。脚本の書き方も知らないし、人のサポートだって向いているとは思えない。

（どうしよう。やっぱり自信ないし、断ったほうがいいかな）

夕食後、昼間言われたことを考えているとLINEの受信音がした。

〈久しぶりにご飯行こうよ。玲と三人で。聖羅いつ空いてる？〉

中学の同級生、西田朋美からだ。朋美と玲とは中学時代、いつも一緒に過ごしていた。卒業後は

ふたりは商業高校に、聖羅はふたりとは別の高校へ進学したが、今でも時々連絡をとったり、会ったりしている。
（さすがに朋美たちには相談できないしな……）
聖羅は芸能の道を目指していることをふたりに言っていなかった。メディア系の大学に進んだとやんわり伝えただけで、SNSにも学科の活動のことは一切投稿していない。
高校時代は、オーディションを受けていることをクラスメイトに知られたせいで、特異な目を向けられ続けた。朋美や玲にまでそんなふうに見られるのはいやだった。

学科ライブを終えたばかりのMP学科にはのんびりした空気がただよっていた。しかし、聖羅は変わらない。休み時間はすべてダンスの練習に使った。

（まわりに合わせる必要はない。私は今やるべきことを全力でやる！）

高校のときと違い、大学には聖羅に特異な目を向ける人はいなかった。この学科では、みんなが「芸能」という同じ方向を目指している。それだけでもこの大学に入ってよかったと思える。


水分補給をしていると、意外な人物から声をかけられた。

「聖羅ちゃんお疲れ！　ダンスすごいね。振りが綺麗で見とれちゃった」

橋本萌だった。萌はクラスメイトであり、芸能人。有名なアイドルグループに研究生として所属している。

「わっ、も、萌ちゃん。ありがと。びっくりした」

入学前から聖羅は萌が所属するグループのファンだった。何度もライブに通ううちに、研究生ながら誰よりも輝いて見えた萌は、聖羅の推しメンになっていた。

だから、入学式の日に萌が斜め前に座っているのを見たときは目を疑った。

（えっ、本物の橋本萌？　なんで？　同じ大学ってこと？）

内心興奮したし、話しかけたかったけれど、できなかった。

その後も何度か挨拶はしたが、しっかり話したことはない。

普通に大学生活を楽しみたいと言っていた萌に対して、ファ

ンみたいな感じで接するのは申し訳ない気がして……。

「いきなりごめんね。よかったらさ、今度ご飯とか行かない？」

「えっ⁉　ご、ご飯？」

そんな萌に急に話しかけられ、しかも食事に誘われるという展開に動揺を隠せなかった。

「学科ライブも終わったし、どうかな～と思ったんだけど。やっぱ急には迷惑だった？」

「いやいやいや！　迷惑だなんて、そんなそんな。いきなりでびっくりしただけ。もちろん行こ。ふたり？」

「そのつもりだけど……ふたりじゃ嫌？」

「そんなことないよ！　ふたりで、ぜひふたりで行こっ！」

（なんで私？　いいの？　ふたりで行っていいの？　嬉しいけど、いや嬉しいけど、大丈夫なのこれ？）

「やった！　じゃあいつにしようか」

萌の満面の笑みの「やった！」にやられてしまった。

（あぁ尊い。完全に推しです……）

脳内の変なテンションを隠すのに必死だった。

萌とのご飯の日。デート気分でおしゃれして待っていると、約束の時間の少し前に萌はやって来た。かわいい顔はマスクでガードしている。

「ごめんね、ギリギリになっちゃった」

「全然大丈夫。私もさっき来たとこだから」

これは嘘。本当は緊張して三十分前には着いていた。

ふたりはももち浜のショッピングモールに向かった。目当ては人気の韓国料理店。萌は辛いものと韓国が好きらしく、流行りの韓国ドラマの話を楽しそうにしている。こうやって話していると、普通の大学生の女の子だ。

お店に着き、ふたりでハーフ&ハーフのセットを頼む。聖羅は石焼ビビンバで萌は温玉野菜ビビンバ。もうひとつは同じスンドゥブ。

「熱っ！　でもおいしー」

「ビビンバもおいしいね。もっと辛くてもいいけど」

たわいない話をしながら料理をほおばる。

食事が進んだところで聖羅は思い切って尋ねてみた。

「なんで私を誘ってくれたの？」

萌は水を一口飲んでから、かわいらしく首をかしげる。

「うーん、なんだろ……聖羅ちゃんてあんまり誰かと一緒にいないし、いつもすごいストイックに練習してるよね」

確かにまわりと馴れ合っていないのは認めるが、まさか友だちがいないことを心配されているのだろうか。

「私、普通に大学生活楽しみたいっていうのは確かにほんとなんだけど、実際そんな余裕ないんだよね。何年も研究生のままで、いつになったら正規メンバーになれるんだろうって不安だし」

「…………」

すごく意外だった。でも、どこか安心した。芸能人で、ファンもいっぱいいて、テレビや雑誌にだって登場していて。勝手にすごい人だと思っていたけど、萌にだって不安や悩みがあるんだ……。

「だから、聖羅ちゃんを見てると私も頑張んなきゃって刺激もらえるの。仲良くなりたいってずっと思ってたんだ」

「ありがと。そう言ってもらえると、もっと頑張ろうって思える」

「そんなそんな。一緒に頑張ろうね」

不思議な感覚だった。同じ世界だけど、違う場所で頑張る同志というか、仲間というか。

「私ね、今井先生に脚本・演出チームに入らないかって誘われてるんだよね。卒業公演の。でもあんまり自信なくて」

誰にも相談できなかったことが、口をついて出ていた。

「え？　それってすごいじゃん！　私さ、それこそ今井先生にはよく相談乗ってもらったりしてるんだけど、話してると東京でプロデューサーやってたんだな～って改めて思うことが多いの。すごく勉強になるんだよね。だから今井先生に誘われたんなら、絶対やってみたほうがいいと思う。聖羅ちゃんならできるって！」

萌のとびきりの笑顔での後押しが聖羅をやる気にさせてくれる。

（は～～～。推しの笑顔、プライスレス……！）

「え？　なんか言った？」

「ううん、萌ちゃんにそこまで言われたら、なんかできる気してきた」

「よかった。応援してるからね」

「こっちこそ！　絶対、萌ちゃんならすぐ正規メンバーになれるよ。私も全力で応援する」

萌はありがとうと笑って、デザートに手をつける。この際に言ってしまおうと思って、実は大学に入る前から萌のファンで、ライブにも行っていたと打ち明けた。「もっと早く言ってよ」と、少し恥ずかしそうな萌の笑顔がまぶしかった。


聖羅は卒業公演の脚本・演出チームに加わった。初めて参加した脚本会議では、二年生の坂口詩織がすでに構成案を書いてきていた。

テーマはずばり「芸能界を目指す学生たちの成長」。MP学科に似たとある芸能学科で、卒業公演の練習中、それぞれが抱えている問題がぶつかりあって、みんなの心がバラバラになりかけるが、あることをきっかけに最後にはひとつにまとまり、明るい未来を目指す決意をする。クライマックスで『あかるいほうへ』を全員で歌って踊るという構成になっている。

（詩織先輩すごい。もうこんなにできてるんだ）

しかし、今井先生からは鋭い指摘が入る。

「大筋のストーリーや、やろうとしていることはとてもいいと思います。これなら、みんなの等身大の姿を見せられそうですね。ただし、舞台制作志望や女優志望といった演劇関係の人物しか出てきていないので、もっといろいろな分野を目指している登場人物を設定するべきだと思います。せっかく声優ユニットやモデルユニット、シンガーユニットもいるので、そこも含めて学科のみんなが活躍できる設定を意識して構成したほうがいいでしょう」

「あちゃー」という顔の詩織。

「確かにそうですね。私自身が女優志望なので、そっちにかたよってしまいました」

「全然いいんですよ。まだ脚本作りは始まったばかりなので。むしろ最初からここまでできているのは素晴らしいです」

「ありがとうございます。おっしゃっていただいたことをふまえて、引き続きしっかり考えてみます」

再び脚本に目を落とす詩織を見ながら、聖羅は思ったことを口にする。

「いきなりセリフとかじゃなく、こういうあらすじから作るんですね」

「そうですね。まずは登場人物の設定や大枠のストーリーから決めていきます。ドラマの制作ではプロットというんですが、脚本の設計図みたいなもので、このプロットをしっかり作ってからでないと、脚本作りはうまくいかないものなんですよ」

(そうだ。今井先生ってもともとドラマのプロデューサーじゃん……)

勉強になるなと思う反面、そんなすごい人と脚本作りなんて、絶対に大変そうな気がする。

(そういえば、映像を流すのもありなのかな?)

このタイミングでいいのかわかりませんが、と聖羅は切り出す。

「事前に撮った映像を舞台で使ってもいいんですか?」

「もちろん。演出として映像を使うのもいいですね。それも考慮して構成を考えると幅が広がっていいと思います」

それからいろいろなアイデアを出し合った。これからこのアイデアを形にしていく。そう思うと、大変そうに思えた脚本作りが楽しみになってきた。

十二月、福岡でもマフラーを巻き始める季節になった。

聖羅と萌は大学近くのコンビニに向かっていた。萌がショーライブという配信アプリ内のイベントで優勝し、なんと雑誌の表紙を飾ることになったのだ。

「配信で優勝なんてすごいよね」

「熱心なファンの方たちのおかげ。本当にありがたいよ」

「そんなファンがいることがすごいって」

萌は最近、配信やSNSにひときわ力を入れているようで、着々とフォロワーを増やしていた。

「聖羅ちゃんも配信とかやってみたら？　また違う界隈の人たちが見てくれるよ」

「配信かー。トークとか苦手だし」

「そう？　けっこういいキャラしてると思うけど。意外とオタクっぽいし」

「うっ……からかわないでよ」

（そういえば、まりあも毎日ショーライブやってるん

だっけ)

クラスメイトの山城まりあのことは、一緒に選抜に選ばれたときから意識していた。明るくふるまっているけど、きっと相当な努力をしているに違いない。

「聖羅ちゃんて、芸能のことってSNSに投稿しないよね」

「うん……。中学や高校の友だちとかに見られるのが恥ずかしくて」

「女優として有名になる人が何言ってるの!」

萌は笑いながら聖羅の肩を叩いた。

「何か誇れるものができたら投稿しようと思ってる。実はね……」

まだ誰にも話していない、ある挑戦を萌に話した。

「え、すごい! そんなの、めっちゃ応援する!」

コンビニの棚には萌が表紙の雑誌が並んでいる。

「あ、あった！」

手にとって萌の顔の横に並べる。「恥ずかしいからやめて～」と照れながらも、嬉しそうに笑う萌。

雑誌とサインペンを買って、サインしてもらった。

「ありがと。宝物にするね」

「もう、大げさだよ」

（普通に話してるけど、萌は雑誌の表紙を飾るような芸能人なんだ）

改めて実感した。それに比べて、私は……？　大学でアイドルごっこをやってるだけ。女優を目指しているだけの、ただの女の子。まだ何者でもない私が、自慢げにＳＮＳに投稿なんてできない。

朋美と玲との久しぶりのランチは、近所に新しくできたハンバーガー専門店へ出かけた。三人の前にボリューム満点のハンバーガーが運ばれてくる。

「おいしいものでも食べなきゃやってらんないよ～」

朋美は仕事の愚痴を言いながら、ストレスを発散させるかのような見事な食べっぷりだ。お局みたいな人がいて、やたらと仕事を振ってくるらしい。

「なんか朋美、社会人になってから老け込んだよね」

玲は聖羅と同じくまだ大学生。エンジニアを目指して、福岡市内の四年制大学に通っている。

「うー、学生のあんたらがうらやましいよ」

「じゃあもっとうらやましい話してあげる。私ね、彼氏できた」

「でたでた。もー！　そんな話聞きたくない！」

「そんなこと言わんでよ。で、聖羅はどうなん？」

「浮いた話は全然ないよ。うちの学科男子少ないし、そもそも恋愛対象として見てないし」

「うわ、聖羅の大学の男子かわいそ〜」

そのまま玲の彼氏の話になる。サークルで出会った先輩だとか、告白されたとか、クリスマスをどう過ごすとか。友だちとこんなふうに恋愛の話をするのはずいぶん久しぶりだった。

「そういえばさ」

恋愛の話はもう十分とでも言いたげに、朋美が話題を変える。

「大学の授業はどう？　大変？」

「前期は一般教養ばっかで、あんま高校と変わらんのよね。後期からプログミングの授業が増えてきたけん、これからかな」

「へー、そんな感じなんだ」と朋美。玲が「聖羅はどんなことやっとん？」と尋ねる。

「ちょっと難しい授業もあるけど、テレビドラマ論とかは面白いよ。ドラマのプロデューサーやってた先生がいて、自分で作った作品を見せながらドラマの作り方なんかを教えてくれるの」

「めっちゃ面白そう！」と、興味津々なふたりに、演技など芸能の実技の授業には触れないようにしながら、どうにか学校生活のことを話した。

もしかしたら、演技の授業やアイドル活動の話をしても、ふたりなら面白がって聞いてくれるのかもしれない。だけど、本当になれるかもわからない夢物語を話すのは、まだちょっと怖い。

冬休みに入ると、卒業公演の準備は一気に本格化した。物語の構成は仕上がり、脚本を書き始めている。聖羅もいくつかのシーンの脚本を任された。

でも、脚本ばかりに専念するわけにもいかない。ボイストレーニングにダンスの練習、フォーメーションの調整や確認など、やることは山ほどある。あっという間に時間は過ぎていった。

大みそかの夜、聖羅は萌のグループのカウントダウンライブの配信を見ていた。年越しの直前のM

Cで重大発表があった。なんと萌が正規メンバーに昇格したのだ。

（うそ！　やった……！）

自分のことのように嬉しかった。すかさず萌に「おめでとう」とLINEを送る。すぐに見られないのはわかっていたが、送らずにはいられなかった。

（今年は私も必ず何かつかみとる！）

決意を固めたお正月だった。

冬休み明けの大学では、萌が正規メンバーに昇格した話題で持ち切りだった。ネットニュースやテレビのワイドショーでも取り上げられ、萌の知名度はますます上がっている。

学科がお祝いムードに包まれる中、聖羅はあまり余裕がなかった。卒業公演の脚本と、演劇シーンやライブシーンの練習と、とにかく抱えているものが多かった。

卒業公演ではメインの役どころの多くは二年生が務める。聖羅は一年生の中では一番出番が多く、重要な役を任されていた。詩織とのシーンで、先輩に反発する一年生の役。演技ができるのは嬉しいが、その分プレッシャーも大きい。

だけど、一番のプレッシャーはほかにあった。全国的に活動するアイドルグループFLASHの妹グループとして結成される、新しいアイドルグループのオーディションを受けていたのだ。

書類審査、ビデオ審査、一次面接を順調に通過し、聖羅は配信審査の八十人に残っていた。配信審査の期間は三週間。そこから二十名が選ばれ、最終審査によって十名のデビューメンバーが決まる。またとないチャンスが訪れていた。

審査期間中は、毎日ショーライブで配信しなければいけない。

(ほんとに配信をやることになるとはね)

授業で学科のみんなと配信したことはあるけれど、個人配信はもちろん初めて。トークに料理、歌、ゲームと、人気の配信者を参考にしながら、慣れないながらもなんとか企画を考える。卒業公演の練習後は真っ先に帰宅して配信に時間を費やした。

聖羅が疲れているのは誰の目から見ても明らかだった。だけど、どれだけしんどくても今は休むわけにはいかない。

卒業公演の大事なシーンの練習中のことだった。ついに体が限界を迎えたのか、集中力が完全に途切れてしまった。セリフが出てこない……。

「聖羅ちゃん、大丈夫？」

心配した詩織が声をかける。

「あ、すみません。大丈夫です。もう一度お願いします」

「ほんとに無理しないでいいから。最近ずっと顔色悪くて心配しとったんよ。一度休んだほうがいいと思うよ」

（最悪だ……。こんなところで先輩に迷惑かけるなんて）

詩織の優しさに申し訳なさが増していく。

「あのさ、やる気ないなら今のうちにほかの子と代わったら？　それこそまりあちゃんとかさ」

そう言い出した二年生の奈緒子を詩織が「ちょっと」と止める。練習場にどこか気まずい空気が流れる。

「あの、公演までまだ時間があるんで、ほかのシーンを優先でやっていきませんか？」

切り出したのはまりあだった。

「聖羅はちょっと今いろいろやってて、あと五日くらいしたらきっとそれが終わるんで。そっからでも聖羅ならやれると思います」

まりあの発言で、聖羅の出番のないシーンから先に練習することになった。

「全然いいけど、それならそう言ってよ」と奈緒子がぼやくのが聞こえた。

練習後、聖羅はまりあがひとりになるのを待って話しかけた。

「知ってたの？」

「うん。ショーライブのオススメで出てきてびっくりした。今ランキング十三位でしょ。普通にすごくない？」

審査期間はあと五日。まりあはオーディションのことを知っていたのだ。

「演出も役者もやりながらオーディションとかマジ大変やん。なんで言わんの？」

「別に言う必要ないと思ったから。私の問題だし」

「聖羅だけの問題じゃないでしょ。私たち仲間やん」

（仲間、か。なんで言いたくなかったんだろ。変に気を使われたくなかったから？　いや、たぶん違うな……）

「落ちたときに、ダメだったんだなって思われるのも、大丈夫だよっていう変な慰めも、いろいろ嫌で言いたくなかった」

　これが本音だった。

「あー、なんかわかる。でも、オーディションって基本落ちるもんやし、大丈夫だよ。あ、これも変な慰めか。ごめん」

　聖羅はすっと立ち上がる。

「今日はフォローしてくれてありがと。あと、このことはほかの人には言わないで」

「もちろん言わないって。頑張ってね」

あふれそうだった気持ちが、少しだけ軽くなった。


それからの五日間はあっという間だった。配信の人気ランキングは十二位に上がり、審査期間を終えた。二十位以内に入っているとはいえ、順位は参考程度だろう。結果発表の日は授業どころではなかった。


通知のメールが来たのはキャリア研究の授業中だった。

（やった！）

心の中で大きくガッツポーズをする。配信審査を通過したのだ。残るは最終審査。東京での面接だ。しかも三日後。


その三日間、東京でのこと、面接で話したことを聖羅は覚えていない。覚えているのは、東京の人の多さと、萌とまりあが「最終面接頑張って」とLINEをくれたことくらいだ。何事もなかったかのように福岡に戻り、これまでと変わりなく卒業公演の練習に参加する。萌もまりあも面接のことは聞いてこなかった。

聖羅は今井先生とふたり、脚本の最終調整を行っていた。

「このバカップルの登場は面白いですね。わかりやすくコメディリリーフとして機能しています」

以前、「もう少しコメディ要素を入れてお客さんを飽きさせないようにしましょう」と言われて足したのが、このおバカなカップルの登場シーン。ほめられて嬉しいはずなのに、このときは上の空だった。

「聖羅さん、大丈夫ですか?」

「あ、すみません」

「今日はこの辺にしておきましょうか?」

優しい言葉をかけられたせいだろうか。――ぷつん。心の奥で糸のようなものが切れた。押し殺していた感情が涙と一緒にあふれ出す。ずっと我慢していた。本当は悔しくて、苦しくて、どうしようもなかったのに。

「私、もう無理かもしれません。アイドルのオーディションを受けてたんですけど、最終審査までいったのに、ダメでした」

今井先生は静かに聞いてくれていた。

「面接を失敗した感覚はありません。むしろやり切れたと思うんです。だからこそ、自分が何者にもなれる気がしないんです。萌を見てると焦るし、すごく遠く感じるし、働いてる中学の友だちと話してると、なんか現実味のない夢物語を追いかけてる私がどうしようもなくダメなやつに思えてきて……」

女優なんて向いてないのかもしれない。そう言いかけたときだった。

「聖羅さんは演技、好きですか？」

優しく問いかけられて、即答する。

「好きです」

「それでいいと思います。何者かになる必要はないし、誰かと比べる必要もない。演技が好きな滝沢聖羅でいいんだと思います。私もドラマを作ることが好きだから、何十年も続けることができました。見てくれる人に何かを感じてもらいたくて。もちろん、大変なことも辛いこともたくさんありましたよ。それでも好きでしたから」

鉛のように重かった心が少しずつ軽くなっていく。

(そうだ。私、演技が好き。すごく好き……)

何者かになろうと必死すぎて、そんなことすら忘れていた。お父さんのいろんな表情が見たくて女優になろうと思って。そのうちどんどん演技が好きになって……。

(私は私のままでいい。演技が好きな滝沢聖羅のままで)

自分自身にそう言い聞かせる。

涙を拭いて顔を上げると、今井先生は優しい笑顔でうなずいた。

「聖羅さんの演技する姿を、よりたくさんの人に見てもらいたいと思っていますよ」

「……っ、はい！　ありがとうございます」

その言葉が嬉しくてたまらなかった。


街灯がベンチに座っている聖羅を照らす。気持ちは晴れやかだった。

そこへ、仕事終わりの朋美がやって来る。

「聖羅から呼び出しなんて珍し。どうしたのさ？」

「LINEでもよかったんだけど、なんか直接言いたくて。来週の日曜って時間ある？」

スケジュールを確認する朋美。そして笑いながら言う。

「大丈夫。ほんとは確認しなくても、休日はダラダラしてる」

「その日、うちの大学の卒業公演があるの。できれば玲と一緒に見に来てほしくて。私が演技してる姿をふたりに見てほしい」

演技と聞いて、朋美は驚いた顔をした。

「メディア関係の勉強してるってずっと言ってたけど、ほんとは演技の勉強もしてて、芸能の世界を目指してるんだ。大学では、アイドル活動もしてる。驚いたでしょ」

「芸能に、アイドルって……まあ聖羅っぽくて、なんか意外と驚いてない。玲はびっくりするかもやけど」

内心ドキドキしていた聖羅は、ほっとした。

「演技ってことは、聖羅は女優になるってこと?」

「うん。なりたいと思ってる」

日曜楽しみにしてるねと言われて、肩の力が抜けた。

なんであんなに言うのをためらっていたんだろう。

卒業公演の会場は福岡市民プラザ劇場。二五〇人以上を収容する大きな劇場だ。

学生たちは九時に集まり、発声練習とゲネを行う。「ゲネ」とは、最終確認のため、音響、照明、小道具、衣装などすべて本番通りに行う通しリハーサルのことだ。事前に一日会場を借りてリハーサルを行っているが、その日に不十分だったところをゲネ前に再度確認する。

（よし、大丈夫。場面の転換もスムーズにいけた）

無事にゲネを終える。手ごたえはしっかりあった。

そして午後一時——開場の時間になる。今日は朋美と玲が来てくれる。ステージでの私の姿を見て、ふたりはどんなふうに思うだろう。

まばらに埋まり始めた客席をモニター越しに見ながら深呼吸していると、詩織先輩と目が合った。

「緊張してる?」

もちろん緊張はしている。だけど、今はそれよりも……。

「緊張より、楽しいが勝ってます」

「おお、さすが聖羅ちゃん。始まったら、きっと一瞬で終わっちゃうんだろうな……。聖羅ちゃん、ありがとね。一緒に脚本やってくれて」

何かこみ上げてくるものがあった。

「ちょっとやめてください。始まる前にしんみりするじゃないですか」

「ごめんごめん。やけど、ほんと私たちよくやったよ。ゼロからこのステージを作り上げたんだよ」

「ここまでの形にできたのも先輩のおかげです」

「それはこっちのセリフ。聖羅ちゃんたちみんなのおかげだよ。最後のステージ、一緒に楽しもうね」

いつの間にか開演の時間が迫っていた。もう一度客席を振り返ってから、舞台袖でスタンバイ。

（そっか、詩織先輩たちとのステージはこれが最後なんだ）

そんな当たり前のことを今さらのように実感する。

そして、開演の時間。舞台の幕が上がる。

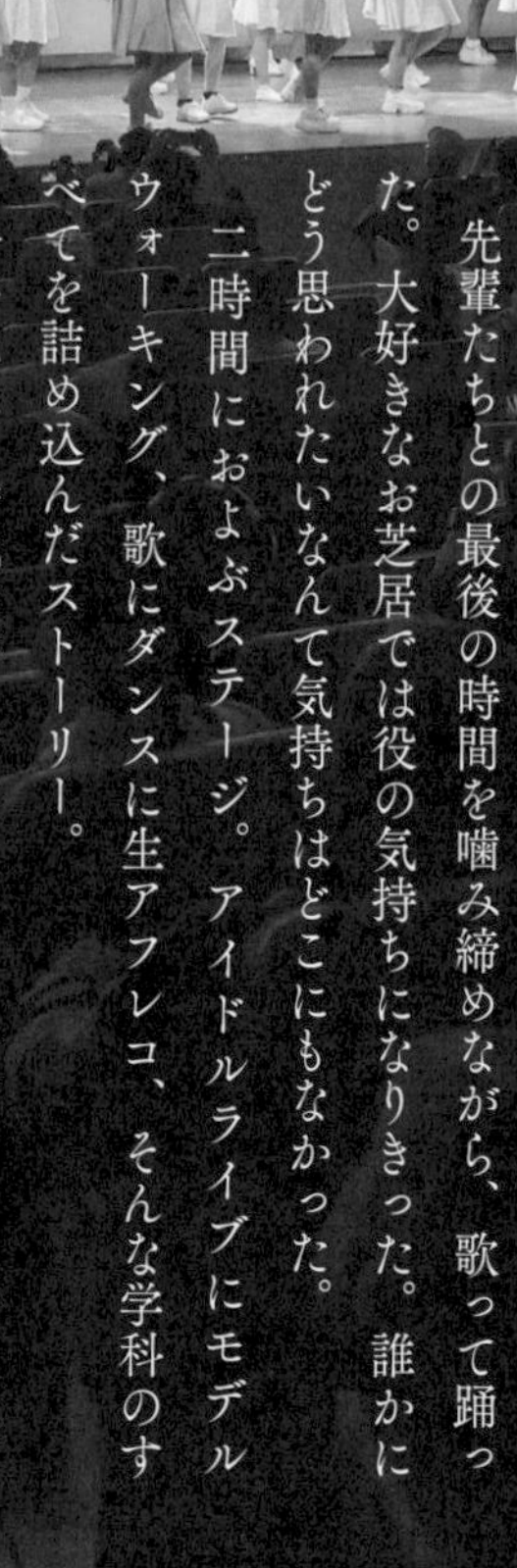

先輩たちとの最後の時間を噛み締めながら、歌って踊った。大好きなお芝居では役の気持ちになりきった。誰かにどう思われたいなんて気持ちはどこにもなかった。

二時間におよぶステージ。アイドルライブにモデルウォーキング、歌にダンスに生アフレコ、そんな学科のすべてを詰め込んだストーリー。

今井先生と詩織先輩と、たくさんの仲間たちと積み上げてきた物語が、どんどんエンディングに向かっていく。

最後の演目、『あかるいほうへ』を全員で踊った。今しかないこの時間をお客さんと共有する。そして、あふれんばかりの拍手。かつてないほどの達成感に満ちあふれた。

最後の詩織先輩の挨拶を聞きながら、「あぁ終わったんだ」と、これまでのことを思い出す。先輩たちとの練習。選抜発表。ＭＶ撮影。配信ライブ。脚本作り。シーンごとの練習……。気づいたら涙が流れていた。

「ちょっと！　なんで一年生が私たちより先に泣いてんの？」

詩織が涙をこらえながら笑ってちゃかす。


終演後、聖羅はロビーで待ってくれている朋美と玲に会いに行った。

「聖羅！」と駆け寄ってくるふたり。

「朋美、玲、来てくれてありがとう」

「めっちゃよかった。マジアイドルやんって思ったもん！」

「そうそう。かわいかった。それに演技すごい、めっちゃ女優やん」

ふたりは口々に「女優聖羅や」とほめてくれた。嬉しいのと、少し照れくさいのとで不思議な気持ちだった。

この日初めて、聖羅は、芸能の道を目指していること、大学でのアイドル活動、卒業公演のことをＳＮＳに投稿した。公演終わりに詩織先輩たちと一緒に撮った写真を添えて。

#西短MP学科さくら組
#卒業おめでとうございます
#最高の仲間

3 chapter

森下舞の成長

今井先生の強い誘いもあってアイドル活動を始めた舞。
がむしゃらに駆け抜けてきた一年の終わりに、
あっと驚くようなニュースを告げられる。
二年生になった舞たちが率いるMP学科はどうなる⁉

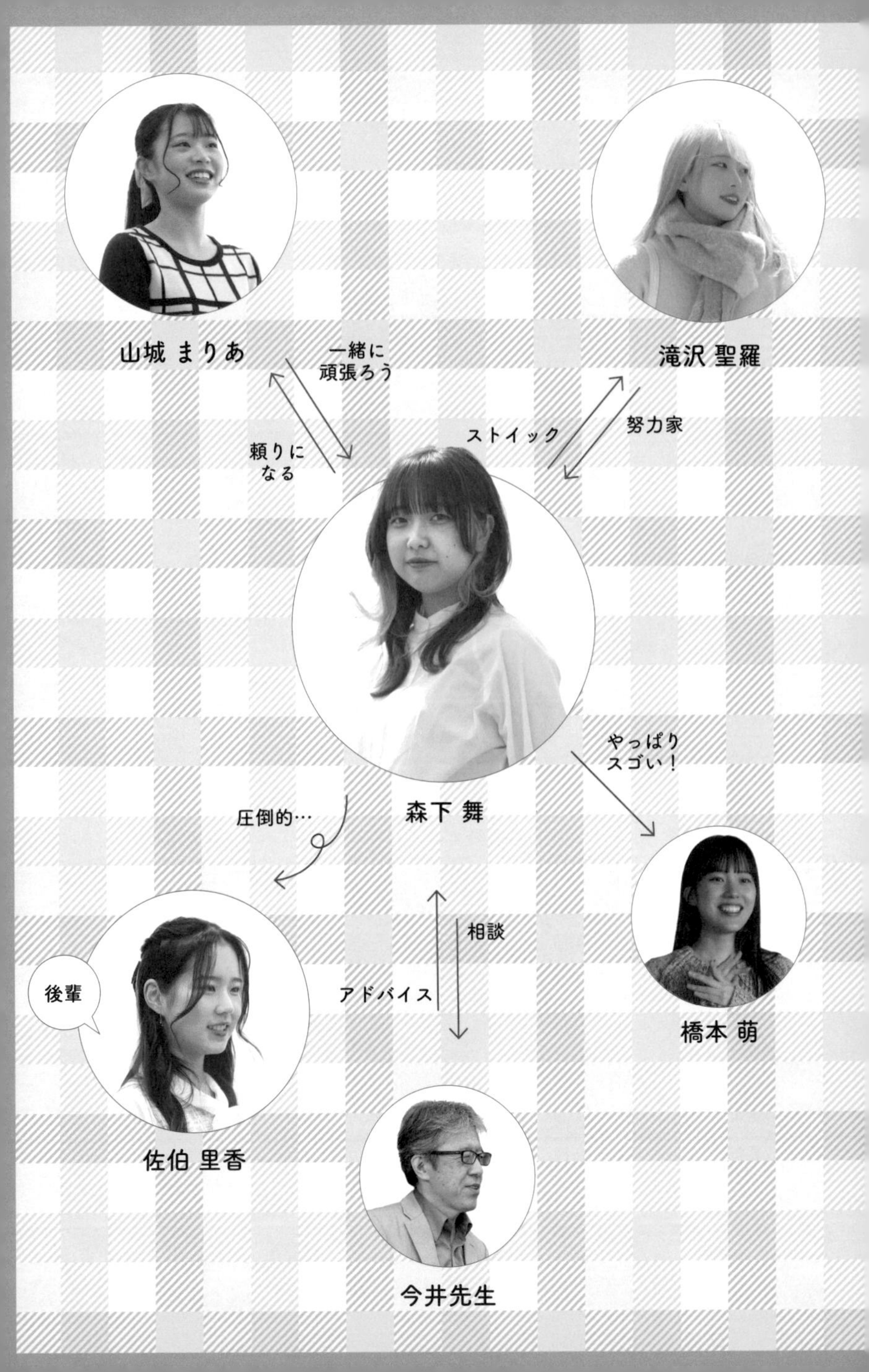
山城 まりあ
滝沢 聖羅
一緒に
頑張ろう
頼りに
なる
ストイック
努力家
森下 舞
やっぱり
スゴい！
圧倒的…
相談
アドバイス
後輩
佐伯 里香
橋本 萌
今井先生

春の陽光が差す中、森下舞は北島先生の研究室——オーディション対策室に向かっていた。今井先生と北島先生に呼び出されていたのだ。先輩たちの卒業式が終わり、舞は四月から二年生になる。おそらくこれからのMP学科の話だろう。

具体的なことはわからないが、何となくびっくりする話のような気がする。今井先生にはこれまで何度も驚かされてきた。

舞は幼いころからお芝居好きな母に連れられ、ミュージカルなどの舞台をよく見に行っていた。そのうち、舞台を作ることに興味を持つようになり、舞台制作を学ぶためにこの大学に入学を決める。入学後、所属ユニットのアンケートでも迷いなく制作を志望した。希望が叶い、制作チームとしてライブや演劇に携わることができるのが楽しみだった。

「舞さん、ちょっとお時間いいですか?」

大学生活に慣れ始めた頃、授業終わりに今井先生に呼び止められた。

(なんだろう。この前のテレビドラマ論のリアクションペーパーに変なこと書いちゃったかな?)

ドキドキしながら教室に残る。

「よかったらアイドルユニットに入りませんか?」

告げられたのは思いもよらないことだった。

何を言っているのだろう。私がアイドルだなんて。

「舞さんにはアイドルの素質があると思います。もちろん、制作チームと兼任で大丈夫ですよ」

「そ、そんなの無理です！　私、みんなみたいにダンスとか歌もできないし……」

アイドルをやろうなんて考えたこともなかった。人前に立つことさえ苦手なのに。

何を考えているのか、今井先生はその後も何度も舞をアイドルユニットに誘ってきた。

（無理だって言ってるのに……）

その度に丁寧に断わるのだが、さすがに申し訳なくなってくる。

転機が訪れたのは学科内お披露目会の日のことだった。四つのユニット――〈はな組〉〈ほし組〉〈かぜ組〉〈そら組〉が順番にス

テージでパフォーマンスを披露する。

（すごい！　これがアイドル？　かっこいい……！）

クラスメイトや先輩が踊る姿を見て、舞の中に何かがわき起こった。特に、山城まりあが普段とは別人のようにかっこよく、目が離せない。

（私も一緒に踊ってみたい。ううん、一緒に踊らなきゃきっと後悔する！）

「今からでも遅くなければ、アイドルユニットに入りたいです」

今井先生にそう伝えると、舞は〈ほし組〉に配属された。ダンスをやったこともないのに、まさかのダンスに特化したユニットだ。

リーダーの詩織先輩に指導してもらい、がむしゃらに頑張った。大学帰りのバスの中でもダンスの振り付け動画を見ては覚え、授業以外のすべての時間をダンスに注ぎ込んだ。放課後は学食裏の片隅で、休みの日は近所の公園でひたすら練習に励んだ。

先輩に、まりあに、くらいつこうと必死だった。

さらに驚くべきことを告げられたのは、MV撮影が終わって間もない頃だった。

「舞さんには、これから〈西短MP学科さくら組〉の選抜メンバーに入ってもらいます」

今井先生は、いつもと変わらない穏やかな口調で言った。

（なんで私が？）

衝撃だった。たぶん、アイドルに誘われたとき以上に。

（でも、頑張ることには変わりない）

不思議と「無理だ」とは思わなかった。

「わかりました。せいいっぱい頑張ります」

自分でも驚くほど、すんなり受け入れられた。


あのときと同じオーディション対策室。中では、今井先生と北島先生が待っていた。山城まりあと滝沢聖羅もいる。最初から選抜に選ばれていたふたりだ。

（四月からはこの三人で学科を引っ張っていってほしい的な？）

そう思いながら椅子に座ると、今井先生が「卒業式も終わって、これからはみなさんが先輩の立場になりますね」と前置きして話し出す。

「これまでは選抜のセンターの詩織さんに全体のリーダーの役割もしてもらっていましたが、これからはセンターとリーダーを分けようと思います」

舞もそのほうがいいと思った。

「全体の総合リーダーを舞さん、副リーダーをまりあさんにお願いできますか?」

総合リーダー。務まるだろうか。

一瞬不安がよぎったが、隣にいるまりあが「大丈夫だよ」と目で伝えてくれているのがわかり、それに応えるようにうなずいた。

「そして、新一年生の佐伯里香という子をセンターにしようと思います。もちろん、聖羅さんにもセンターの素質はありますが、全体のバランスを見てそうしました。スキルの高い聖羅さんには、技術面でしっかりと新一年生やみんなをサポートしてほしいと思っています」

(一年生がセンター!?)

さすがにそれは想像もしていなかった。センターは新二年生の誰かがやるものだと当たり前のように思い込んでい

た。まりあや聖羅だってそう思っていたはずだ。

（聖羅は大丈夫かな？　ずっとセンターを目指して努力してきたはずなのに……）

しかし、聖羅は「わかりました」とうなずき、それ以上何も言わなかった。

三人でオーディション対策室をあとにする。しばらく気まずい沈黙が続いた。

「私たちが目指している芸能の世界は、そういう世界だから」

重苦しい空気を破ったのは聖羅だ。

「まだセンターはあきらめてないよ。今の私には何かが足りなかったってことだから、私はそれを見つけて身につける」

「聖羅は相変わらずでよかったよ。まあ実際、舞が途中から選抜入ったりとかもあったしね」

まりあがあっけらかんと言った。そうだ、選抜やセンターが変わることはいくらでもある。私が一番知っているじゃないか。

「ただ、私たちが引っ張っていくことになるのは間違いないと思う。私もふたりをサポートするし、

一緒に頑張ろう」
聖羅のその言葉で、三人に結束力が生まれた。

四月。新入生を迎えたMP学科では、ユニット配属発表が行われていた。舞は今年から〈はな組〉所属になった。

今年は選抜メンバーも同時に発表された。舞、まりあ、聖羅に加えて二年生の市宮奈乃香が選ばれ、残りの三人は一年生だった。舞は総合リーダーとして、みんなの前で挨拶した。

「頼れるリーダーになれるよう頑張っていきます。未熟な点もあると思いますが、よろしくお願いします」

今になって、センターもやり、リーダーとしても動いていた詩織先輩の偉大さがよくわかる。

（でもひとりじゃない。大丈夫、大丈夫……）

まりあや聖羅がいなかったら、リーダーを引き受けようとは思わなかったかもしれない。ふたりの存在が心強かった。

みんなをざわつかせたのは、一年生の佐伯里香がセンターになることだった。特に二年生からは、「なんで」「嘘でしょ」という声が次々と上がる。みんながみんな、現実をまっすぐ受け止められるわけじゃないだろう。

しかし、里香には周囲を納得させるだけの存在感があった。

「一年の佐伯里香です。私が一番びっくりしていますが、センターに選んでいただいたからにはせいいっぱいやらせていただきます。先輩たちが築き上げてきたものを、もっと素晴らしいものにしていきたいと思っています」

端正な顔立ちと、おっとりした雰囲気。さらにその堂々とした物言いはその場にいる全員を圧倒した。

（こんなにかわいくてオーラがあって、萌ちゃんみたいに芸能人って言われても納得なのに）

そう思ったのは、きっと舞だけではないはずだ。

この日、新しいオリジナル楽曲のコンセプトが発表された。タイトルは『未来はきっと。』。

「いつの時代もみなさんのような若い人たちは未来を信じ、それぞれの思い描く未来に向かって進んで行きます。未来はきっと明るい。未来はきっと楽しい。未来はきっと夢がかなう。そんな前向きな、

みなさんの若いエネルギーで現実の不透明感を吹き飛ばすような、力強くてスケールの大きな楽曲を制作していますので、楽しみにしていてください」

今回も今井先生の熱い想いが込められた楽曲になるようだ。

「選抜ボーカルは公開オーディションを行います。みなさん、積極的に応募してください」

新一年生も加わり、新生〈西短MP学科さくら組〉の始まりの日となった。


学科内お披露目会に向けて、ユニットごとの練習が始まった。

センターの里香は舞と同じ〈はな組〉だった。そして、〈はな組〉全員が里香のダンススキルの高さを痛感する。

まず、振り付けを覚えるのが誰よりも早い。それに、ほかのみんなにはないしなやかさがあった。圧倒的に身体が柔らかく、しぐさのひとつひとつが優雅。動きに無駄がない。見とれるとはまさにこのことだった。

「ダンスやってたの?」

聖羅が尋ねる。

「五歳からクラシックバレエをやってました」

(どうりで……)

里香のダンスは、新体操をしていた詩織先輩に近いものがあった。カジュアルなダンスをやっていた感じではない。

「なんでアイドルやろうと思ったの？」

聖羅がさらに尋ねる。みんなが里香に注目している。

「別にアイドルがやりたかったわけじゃないんです。バレエをやめてからも、舞台に立ちたいなと思って。いつでも、今しかできないことをやりたいって思ってます」

……あっけにとられてしまった。

学科内お披露目会では、MP学科の全員が里香のダンスに魅了された。いつしか里香は、その堂々としたふるまいとお嬢様っぽいオーラから、「里香様」と呼ばれるようになった。存在感も実力も申し分ない。里香がセンターであることに不満をもらす人はいなくなった。

福岡の梅雨入りが発表された頃、『未来はきっと。』の音源

が全員に送られた。湿っぽい雨と気が滅入りそうな雲を吹き飛ばすような、明るいエネルギーにあふれた楽曲だった。

二年生になってから、舞はまりあと聖羅と三人でいることが多くなった。一年生の頃は特に聖羅とはほとんど話したことがなかった。そもそも聖羅には特定の誰かと仲良くしているイメージがなかった。

二年生になってから——いや、正確には今井先生に三人で呼び出されたあの日から、責任感と結束力で三人の距離が縮まった。

「里香様はボーカルオーディションを受けないらしいよ。歌は苦手らしい」

まりあは情報通だ。

「何でも知ってるんやね」

「何でもは知らないわよ。知ってることだけ」

これはまりあの口ぐせ。何かのアニメのセリフらしい。

「まあ私には別に関係ない情報だけど」

聖羅は相変わらずだ。本心はオーディションという形できちんと里香に勝ちたかったのだろう。

「舞はオーディション受けないの？」

「え、私？　いやー、歌はさすがに」

歌が苦手なこともあるが、慣れないリーダー業務でせいいっぱいで、歌の練習までは余裕がない。夏の配信ライブのMCの内容もまだまとまっていなかった。

(それに、今年は制作チームの仕事もちゃんとやりたいんだもん)

昨年はアイドルとして、みんなについて行くのがやっとだった舞。制作チームの活動のほうはおろそかになってしまった。

「ふたりともオーディション頑張ってね」

このふたりなら大丈夫だろうと思ったが、一応のエールを送った。

選抜チームの練習が始まると、いよいよ忙しくなってきた。今年はMV撮影より前に配信ライブがあるので、七名でのフォーメーションを先に完成させなくてはならない。当然だが、昨年とはメンバーも違えば立ち位置も違う。

『あかるいほうへ』と『未来はきっと。』の二つのフォーメーションを新たに覚える必要があった。

選抜での練習はいつも通り一限の授業の前に行っていた。一年生は二曲とも初めて踊る曲なので、かなり苦戦している。そんな中でも里香だけは涼しい顔をしていた。

(里香様、やっぱすごいな。新曲はうちらより覚えるの早かったし……)

ただ、もともと練習にはギリギリに来るタイプの里香だったが、少しずつ遅刻が目立つようになっていた。

「聖羅、珍しく注意しないね」

練習終わりにまりあが言った。

「別に。まだ練習に支障が出てるわけじゃないし」

「ふーん。前の聖羅だったら何か言ってそうって思っただけ」

「注意したほうがいいなら、舞とまりあがするべきじゃ

ない？　リーダーと副リーダーなんだし」

「そうだよね。リーダーの私から言ったほうがいいよね……」

舞は人に注意するのは苦手だ。だけどこれもリーダーの役目。そう自分に言い聞かせた。

翌日の練習も里香は遅刻してきた。

（今日こそちゃんと注意しなきゃ……）

それを聖羅が察したのか、練習終わりに里香に声をかける。

「舞がちょっと話があるみたいよ」

何でしょう、と里香が舞に向き直る。

「ちょっと最近遅刻が多いかなと思うの。これからは気をつけてね」

意を決して言った。強くは言えなかったけど。

「ですよね。ほんと朝弱くて、すみませんでした。気を

つけます」

意外にも素直に謝る里香に、舞は密かにほっとした。

しかし、里香の遅刻癖は変わらなかった。舞や聖羅が注意しても、二、三日もすればまた普通に遅刻してくる。それでも、ダンスはしっかり形になっていた。不思議なことに聖羅でさえ、里香の遅刻について何も言わなくなってしまった。何度注意しても改まらないせいか、あきらめてしまったのかもしれない。


数週間後、MP学科ではボーカルの公開オーディションが行われた。まりあも聖羅も、当然のように選抜ボーカルに選ばれた。梅雨が明け、夏が顔をのぞかせ始めていた。


「見て見て！　これに出ない？」

朝の練習の前に、まりあがチラシを見せてきた。

「何これ？」

二年生の選抜メンバーの奈乃香がチラシをのぞきこむ。

「今年から唐人町商店街で夏祭りやるんだって。今アイドルステージの参加者募集しててさ、うちらも出てみん？ って話」

「よく見つけてきたね」

そう言いながら、できたら出たいなと舞は思った。

「バイト先のオーナーがこの祭りの主催でさ、アイドルやってるならどうって誘われたと。今Pの許可はもうとってある。あとはみんなが出たいんならいいって」

「手回し早っ！ もちろん出たいけどさ。MV撮影終わってすぐだけど、大丈夫？ 夏休み入ったらすぐに配信ライブもあるんだよ」

聖羅の意見はもっともだ。舞も日程が気になっていた。

（MV撮影の一週間後か……。どうだろう。夏休み中は撮影のための全体練習をみっちりやることになるし）

「ライブやれる機会ってそんなにないし、ほかのアイドルさんも出るんだよ！ 同じステージに立ってみたいやん」

奈乃香もまりあに続き、「私も出たい」と言う。

ふたりの気持ちはわかるし、たぶん聖羅もそうだろ

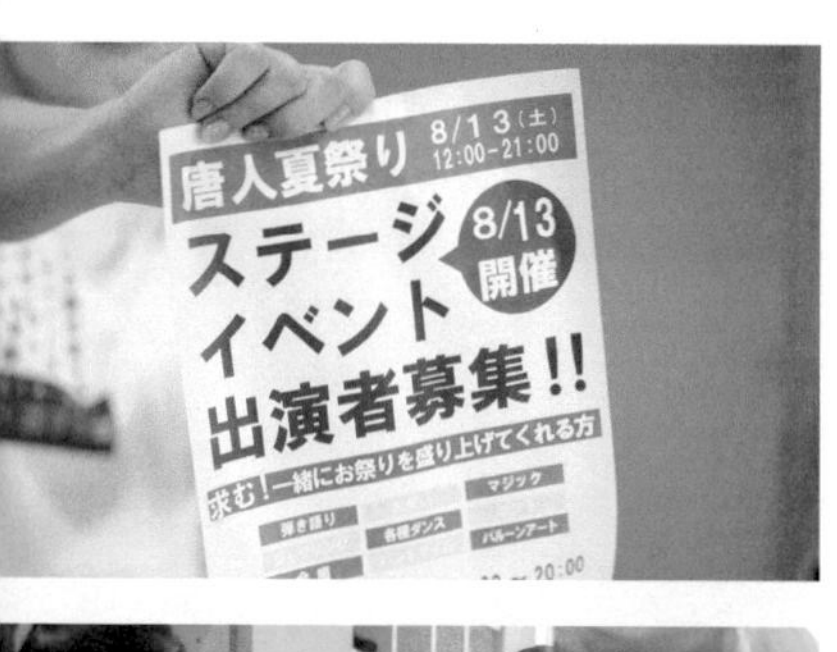

う。舞だってできれば出たい。でも、気持ちばかりを優先するわけにはいかない。

「出るってなったらきっと大変だと思うんやけど、一年生はどうかな？」

（リーダーの私が決めなきゃ……）

「私も出たいです」

里香の言葉をきっかけに、岸川由紀と田辺明子の一年生ふたりも出たいと続く。

「わかった。じゃあ出よう。夏休みはかなり忙しくなると思うけど、みんな頑張ろうね」

持ち時間は二十分で、楽曲は三曲。ＭＣのトーク内容も考えなければならない。やることは盛りだくさんだ。

（でも、ほかのアイドルさんと共演するのって初めてだ）

そう思うとワクワクしてきた。


配信ライブが無事に終わり、いよいよ『未来はきっと。』のＭＶ撮影に向けた練習が始まった。ＭＶには学科のアイドルユニット全員が出演する。選抜チームとはフォーメーションが変わるし、全員でダンスをそろえるのはより難しくなる。

「あれ、里香は来てないの？　休むって連絡はなかったけど」

北島先生にそう言われ、舞は恐る恐る答える。

「たぶん遅刻だと思います」

「遅刻？　よくあるの？」

問い詰められた舞は、事情を話して謝るしかなかった。


真夏の体育館での練習は、想像を絶する暑さだった。

「みんなしっかり水分補給するように。体調悪いと思ったらすぐ言ってね」

北島先生に言われ、こまめに休憩をとりながら全員の立ち位置と移動を確認していく。しかし、センターの不在と暑さでなかなか思うように進まない。

「すみません。遅くなりました」

遅れて体育館にやって来た里香に北島先生が気づく。

「なんで遅れたの？」

里香はバツが悪そうに、寝坊ですと答える。

「何考えてるの？　あなたがダメだとみんながダメになるのよ。ちゃんとセンターの自覚を持ちなさい！」

「はい……。すみませんでした」

今まで見たことないくらい反省しているようだった。

それからは、里香は遅刻することはなくなった。

（私も先生くらいビシッと言うべきだった……）

リーダーの役目を果たせていない自分が情けなかった。


二日間のMV撮影は無事に終わった。これから一週間は夏祭りの練習に専念できる。三曲のうち二曲は配信ライブで披露したものだし、もう一曲も振り付けは頭に入れてある。あとは七人でのフォーメーションをしっかり叩き込むだけだ。


「やばいやばい！」

血相を変えて、まりあが練習室に駆け込んでくる。本番はもう二日後だというのに、ここに来て大ピンチだ。今日になって送られてきたステージの図面。それを見ると、ステージが明らかに狭い。どう頑張っても七人が踊れるスペースはない。

「これ、頑張っても四人が限界やん？　この中から四人だけで出るしかないってこと？」

奈乃香が不安げにみんなを見回す。

それはないでしょと聖羅が否定するが、解決策はなく、全員が黙り込む。

（どうしよう。一年生が不安になってる……）

時間だけが無情に過ぎて行く。

「はいはいはい！」

威勢よく手を挙げ、まりあが提案してきた。

なるほど。言われてみればもう、それしか方法はない。ならばその策で本番に臨むのみだ。


夏祭り当日。唐人町商店街はいつもより活気づいていた。出番までの間、今井先生のアイデアで〈西短ＭＰ学科さくら組〉のフライヤーを地域の人に配って回る。

地元の小学生に頼まれて、一緒に写真を撮ったりもした。舞は少し照れくさかった。

舞たちの出番は午後のステージの一番目だった。『あかるいほうへ』のイントロとともに、舞や聖羅たち四人がス

テージに上がり、まりあたち三人はお客さんのほうへ。

まりあが提案した解決策。それは、二組にわかれてステージに上がったり降りたりし、会場をフレキシブルに利用するというものだった。慣れないフォーメーションに苦戦しながらも、笑顔だけは絶やさない。

「かわいい！　頑張って〜！」

「姉ちゃんたち、いいぞー！」

客席のすぐそばでのパーフォーマンスに、お客さんも大いに盛り上がり、なんとか三曲をやり切った。

（一時はどうなることかと思ったけど……出られてよかった！）

大きな達成感でいっぱいだった。

舞たちのあとに、三人組のアイドルグループがステージに立った。福岡を拠点に、東京や大阪などでも活動しているグループだ。

たった三人なのにパワフルで迫力のあるダンス。声量だって段違いだ。

(すごい……。三人がぴったりそろってるから、こんなに迫力が伝わってくるんだ)

圧倒的な差に愕然としてしまった。隣の聖羅が、悔しそうに拳を握りしめる。

「うちらももっと頑張らなきゃね」

舞は聖羅の肩に手を置く。

(学科ライブでは、私たちもこんなふうにパフォーマンスしたい)

全員が同じ気持ちだった。

夏休みが終わり、十一月の学科ライブの準備が始まっていた。学科ライブは昨年と同じく唐人町の小劇場で行われる。アイドルライブに演劇、アフレコ、歌など、ユニットごとに行われるステージはもちろん、

音響や照明なども学生が自分たちで行う。

舞は選抜組や〈はな組〉のライブのほかに、演劇ユニットの演目で照明を担当することになった。念願の制作チームとしての仕事だ。

脚本と演出を担当するのはまりあ。漫画を原作に脚本を書き、二十分の舞台にする。九月末には脚本の第一稿が仕上がり、放課後に稽古を始めていた。

それにともない、選抜組の練習は再び朝になった。すると、里香の遅刻癖がまた復活してしまった。


久しぶりに今井先生に呼び出された。先生はコーヒーを飲みながら、「最近はどうですか?」と、静かに尋ねてくる。

「最近はまりあの脚本を読みながら、照明プランを考えるのが楽しいです」

「それはよかった。まりあさんに脚本の相談をされたので、私も原作の漫画を読んでいくつかアドバイスしましたが、なかなか面白い演劇になりそうですね」

はい! と元気よく返事をした。

「私はもともと制作志望ですが、今はみんなで歌って踊るのもすごく楽しくて」

はじめは毎日必死だった。楽しむ余裕なんてなかった。でも、いつからだろう。仲間と一緒に歌って踊るのが、心底楽しいと思えるようになったのは。

（今年のＭＶ撮影？　ううん、やっぱり夏祭りかな……）

あのときは、プロのアイドルとの実力差を思い知り、悔しい思いもした。負けたくない。もっといいものにしたい。そんなことを思うくらいアイドル活動にのめり込むなんて、思ってもみなかった。

「こんなに頑張れるなんて、自分でもびっくりしてます。アイドルやる前は人前に立つことがすごく苦手だったのに、お客さんの前でパフォーマンスするのが楽しいと思えるようになるなんて」

　アイドルユニットに入って本当によかった。それも誘ってくれた今井先生のおかげだ。でも……。

「リーダーとしての責任を果たせてるかは、自信がないです。遅刻の多い里香にも強く言えなくて」

「里香さんはセンターから、あるいは選抜から外すべきだと思いますか？」

「それは思いません。私たちのセンターは里香です。〈西短

ＭＰ学科さくら組〉として、それが一番いいパフォーマンスができると思います」

「だったら、その想いをぶつけてみてはどうですか？　舞さんは優しすぎるのかもしれませんね。優しいことは悪いことではないけど、リーダーには自分の意見をしっかり言える強さが必要です」


「ファイブ、シックス、セブン、エイト！」

カウントが響き渡る練習室。里香はいつものように遅れてやってきた。この日、いつもと違って舞は練習を中断し、準備をする里香に近づく。みんなが「珍しい」と思っているに違いない。

「最近、当たり前のように遅刻してるよね」

「本当にすみません」

準備をしながら謝る里香の声に反省の色はなかった。

「夏は途中から遅刻しなくなったじゃん。だったら、意識したらできると思うんよね」

黙って準備を続ける里香。

「私、夏祭りの日、すごく悔しかった。それは私だけじゃないはず。みんなともっとやれると思うんだ。里香はうちらのセンターなんだし、頑張ろうよ」

思い切って強く出た舞に、里香はすましして言った。

「みんな同じ気持ちだと思わないでください。私たちプロじゃないし、学生なんですよ。今のままでも学科ライブ、どうにかなると思います」

そのとき、聖羅がいつになく大きな声を出した。

「里香！ 今、自分が先輩に対して、リーダーに対して、何言ったかわかってんの？ みんな、選抜に入りたい、センターになりたいって頑張ってる。そんな中で、センターを背負ってるあんたがそんなこと言ったら、私たち、ほかのみんなが」

里香が聖羅の言葉をさえぎる。

「背負って、一生懸命頑張って」

今までになく里香の言葉には感情があふれていた。

「一番みじめな思いをするのはセンターの私です」

聖羅も舞も何も言えなかった。

練習室を出て行く里香。それからは遅刻どころか、練習にさえ来なくなった。

舞はこの状況をどうすべきかわからずにいた。

（あんなふうに気持ちをぶつけるべきじゃなかったのかな

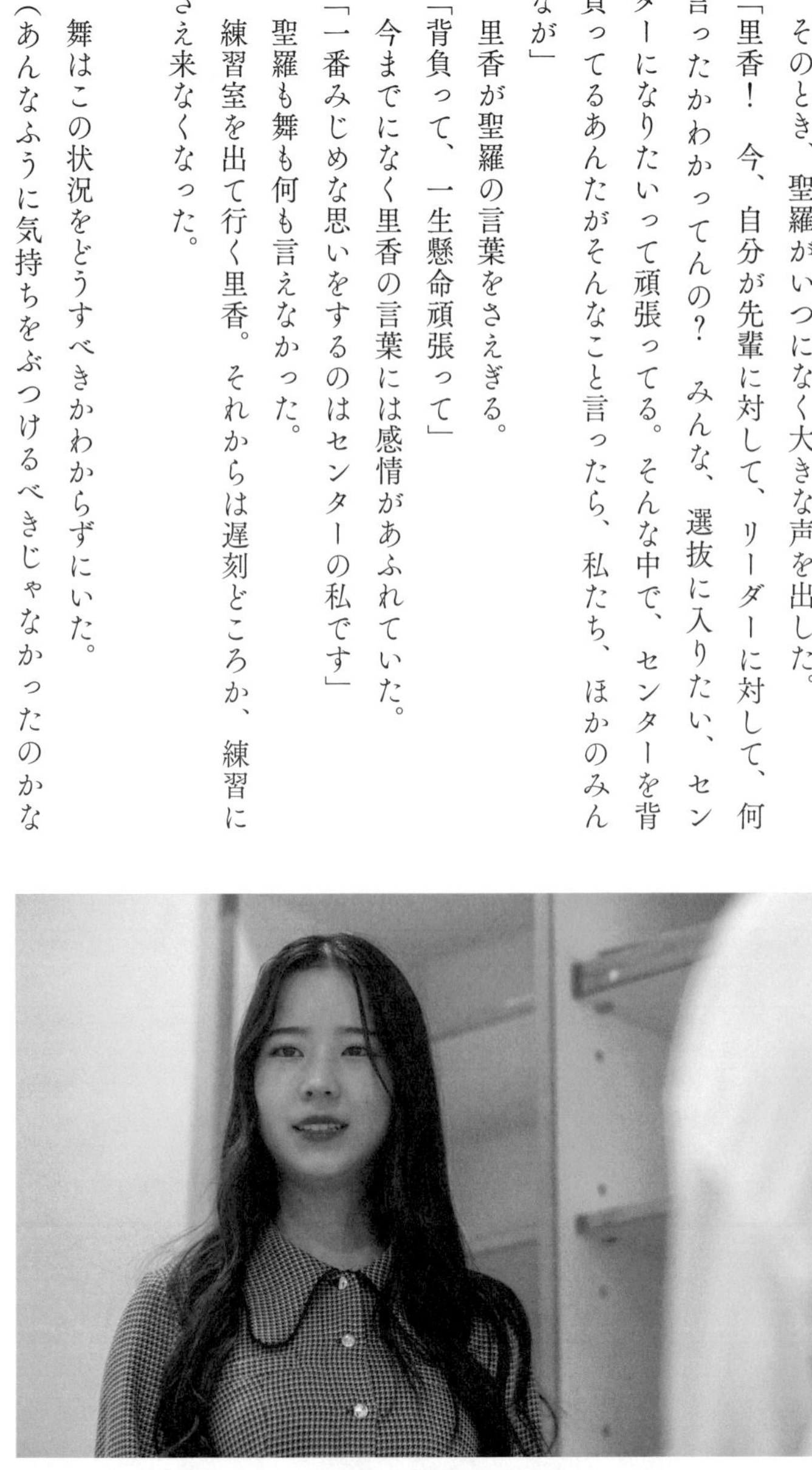

……。ぶつけたからこうなっちゃったわけだし）

先生たちに相談すべきだと思いつつ、そのうち里香が、「すみません遅れました」と普通に戻ってくるんじゃないかと、どこかで期待している。

里香が練習に来なくなって一週間がたった。今日こそ今井先生に相談しようと舞が決断したそのときだった。

「ちょっといいですか？」

珍しく今井先生が朝の練習室を訪ねてきた。その後ろには……里香だ。今井先生が「里香さん」とうながして、里香が舞たちの前に立つ。

「この前はあんなこと言って、すみませんでした。プレッシャーで嫌になってました。もう遅刻しません。休みません。一生懸命やります。もう一度センターをやらせてください」

そう言って頭を下げた。

入学してすぐ一年生でセンター。きっとほかの誰にも想像もつかないような重圧があったんだろう。それはこの前からわかっていた。

「センターをやらせてって言われても、うちらのセンターは里香なんやから」

舞は里香の肩に手を置き、やさしく声をかける。とたんに里香の目から涙があふれ出した。

「では、私はこれで」と今井先生は立ち去る。その後ろ姿に向かって、里香は深くお辞儀をする。

「今はあんたがセンターだけど、私はいつでも奪う気でいるから」

聖羅らしい励まし。

「演劇の練習も遅刻したり、休んだりしたら、私が許さないからね」

まりあは笑顔だが、目が笑ってなくてちょっと怖い。

この一件以来、選抜組だけでなく全体が一致団結して学科ライブに向かっていった。

さらにみんなの士気を上げたのは、練習に橋本萌が顔を出すようになったことだ。人気アイドルグループのメンバーとして大活躍中の萌。仕事が忙しく、学校も休みがちであまり姿を見せない萌の登場に、一年生は「本物の橋本萌だ～！」と歓声を上げた。

萌は「みんないい感じ！」とほめながらも、それぞれに的確なアドバイスをしていた。萌がいるだけで場の空気が引き締まり、熱を帯びる。

（やっぱりプロってすごい……！　萌ちゃんがいるだけで全然違う）

芸能の世界で活躍する萌の実力を今まで以上に実感した。

舞、聖羅、まりあはいつもの帰り道を歩いていた。

「萌ちゃん、忙しいのにわざわざ来てくれてありがたいね」

「萌も少しでも参加したいって思ってるんだよ」

萌を練習に呼んでくれたのは聖羅だった。

（聖羅と萌ちゃんがそんな仲良かったなんて意外だったな……さりげなく呼び捨てしてるし）

「聖羅も萌ちゃんが来てくれて浮かれてたじゃん。今日ずっとニヤけてたし」

「当たり前でしょ。みんなにアドバイスしてる萌、かわいいじゃん」

「え……聖羅ってそんなキャラだったっけ？」

「悪い?」と開き直る聖羅。「別に」とまりあ。三人で笑い合う。

「あとさ、里香も変わったよね。やっぱりセンターってすごいね。今までで一番全体の空気がよくなった」

舞がそう言うと、まりあは「何言ってんのよ」とあきれる。

「舞が変わったから、空気も変わってるんよ。里香に強く言ったあの日から、舞はなんか強くなった」

(え……? 私? 変わった?)

舞にはそんな自覚はなかったが、まりあがそう言うならそうなんだろう。なんだか妙に嬉しかった。


ついに迎えた学科ライブの日。

まりあが作ってくれた照明の色分け表のおかげで、制作チームの準備は昨年よりスムーズだった。

今までは、照明の色は口頭でふんわりと共有されるだけだったので、当日の調整にかなり時間がかかっていた。今回まりあが作った表は、たとえば同じ「ピンク」といっても、そのわずかな色の違いを視覚的に共有できる表現になっていた。

そのおかげで照明の調整がスムーズになり、パフォーマンスの立ち位置や音響・照明のキッカケ、全体の段取りの確認などにしっかり時間を割くことができた。

それぞれのパフォーマンスに照明や音響の力が加わり、自分たちが思い描いたものが形になっていく。

「集まって！」

開場時間が近くなり、舞はみんなに声をかける。

（始まる前にリーダーとしてできることは……きっと、これしかない）

「みんなで円陣組もうよ」

いいね円陣、とまりあが率先し、狭い控え室でぎゅうぎゅうになって円を作る。

「さあリーダー、ひと言お願い」

まりあが舞をあおる。

「今日までいろいろあったけど、みんなついてきてくれてありがとう。おかげでたくさん成長できたし、最高のステージになってると思う。誰かひとりでも欠けてたらできなかった。ここまでせいいっぱいやってきたんやし、あと

はお客さんと一緒に楽しもう！」

みんなが一斉に「おー！」と声を上げる。それぞれが立ち位置にスタンバイする。聖羅が舞に近づいてきた。

「ありがとう。舞は私らの期のまぎれもないリーダーだよ」

「…………っ！」

感情があふれそうになった。ずっと不安だった。

――リーダーとしての役割をちゃんと果たせてる？　私より適任がいたんじゃないかな？　こんなとき詩織先輩だったら？　聖羅やまりあだったら？　私がリーダーでみんな不安じゃないかな？　私のせいで学科がまとまらなかったらどうしよう……。

心の奥でもやもやしていた霧が晴れていくようだった。

（だめだめだめ！　ステージが終わるまで泣かない！）

こみ上げてきたものをぐっとおさえ、上を向く。

そして、ステージに照明卓にと縦横無尽に駆け回り、舞は誰よりもこの日を楽しんだ。

その全力の姿勢が、みんなを奮い立たせていることを知らずに。

4 chapter

山城まりあの旅立ち

冬が近づき、まりあは卒業後の進路に悩んでいた。
卒業してからも福岡でアイドルをしたい！
だけど、きっとお母さんは認めてくれない……。
そんなとき、
まりあにまたとないチャンスが訪れて……!?

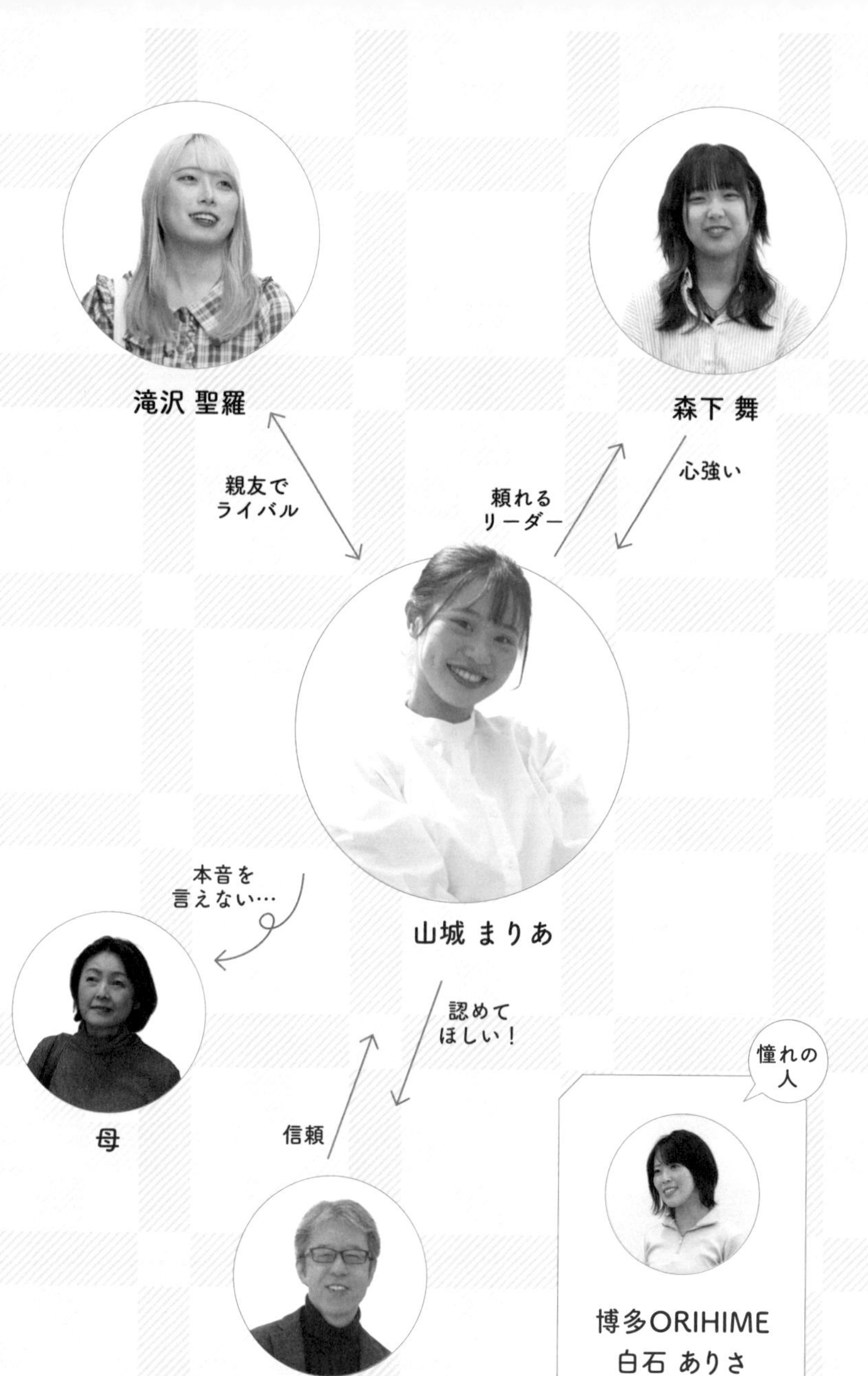
滝沢 聖羅
森下 舞
親友で
ライバル
頼れる
リーダー
心強い
山城 まりあ
本音を
言えない…
母
認めて
ほしい！
信頼
今井先生
憧れの
人
博多ORIHIME
白石 ありさ

学科ライブが無事に終わった十一月、山城まりあは今井先生の研究室を訪れていた。

「演劇、すごくよかったです。名作と言われているあの漫画を、しっかり舞台にできていましたね」

「ありがとうございます！　前からやってみたかったことなので、チャレンジできてよかったです」

学科ライブの演劇は、まりあが脚本・演出を担当した。それがきちんと形になったのがすごく嬉しかった。

「今回の経験を卒業公演に活かしてほしいです。まりあさん、脚本・演出チームに入りませんか？」


入学して間もないころ、まりあは悩んでいた。周囲の子たちはとてもかわいかったり、優秀だったり、突き抜けた個性がある。それに比べて、私は……。

実際、歌もダンスもうまい聖羅や、制作チームながらどこかかわいらしいオーラがある舞は、早いうちから今井先生に名前を呼ばれていた。でも、まりあは違う。きっと先生の中では、まだ顔と名前が一致していないのだろう。

（こんなんじゃ選抜になれるわけがない。せめて顔と名前だけでも覚えてもらって、印象づけなきゃ……）

必死で考えて思いついたのが、お願いを通じた交流だった。

テレビドラマ論の授業で今井先生が参考作品として挙げたドラマのＤＶＤを先生のところへ借りりに

行き、これでもかと言わんばかりにビシバシ感想文を送りつけた。

課題とは別に長文の感想を書くのは大変だった。だけど、できることは全部やろうと思った。高校でダンスに挫折した経験からくる自信のなさを克服したかった。

努力の甲斐あって、今井先生に名前を覚えてもらえたし、念願の選抜メンバーにもなれた。

高校時代の自分からは想像もつかないほど、ダンスに歌、毎日の配信と、すべてに全力投球してきた。


一年前は、聖羅が脚本・演出チームに誘われたことが心底悔しかった。

だから今回、自分の脚本や演出が評価され、今井先生に誘ってもらえたことが嬉しかったし、誇らしかった。

「ぜひ入りたいです。私、脚本書きたいです」

聖羅がやった昨年よりもいいものにしたいと、まりあは意気込んだ。同時に自分のそんな一面を意外だとも感じた。

（ああ、そっか。私って、実は負けず嫌いだったんだ……）

この大学に入ったことで、新しい自分を発見した。

冬の冷気をまとった風が通りを抜ける。練習後の帰り道を聖羅と舞と三人で歩いていた。

「卒業したらふたりはどうするの？」

舞が尋ねる。三か月もしたら、まりあたち二年生は卒業だ。学科ではすでに就職を決めている子もいる。

「私は四月には東京かな。事務所とかはまだ決まってないけど。舞は？」

聖羅は、女優になるために上京する。ずいぶん前からそう言っていた。

「私は最近、前田先生に紹介してもらったラジオ局でバイトしてて。ラジオの制作もいいかなって思ってる。あとは映像の会社も受けるつもり。まりあはやっぱりアイドル？」

「そうだね。私は福岡が好きやけん、福岡のアイドルグループに入れたらいいなって思っとるけど」

どこに入りたいとかあるの？　と聖羅が聞いてくる。

「今はメンバー募集してるアイドルさんたちの現場に通ってる

感じ。いろんな現場の雰囲気が見たくて」

（本当に私たち、もうすぐ卒業なんやね……）

今度の卒業公演がこのメンバーでアイドルをやる最後のステージ。そう思うと、ものすごく寂しくなる。卒業後もこのメンバーでアイドルをやれたらどんなにいいだろう。それでも、卒業は必ず訪れ、それぞれの目指す道を歩くことになるのは、入学したときから決まっていたことだ。


前田先生のキャリア研究の授業で、一人ひとりがこれからの進路について話していく。一年生のときはまだふんわりしていて、とりとめもなかった夢が、今やみんな具体的だ。その方向性が変わった人もいれば、当初から変わってない人もいる。

まりあは地元の福岡と、アイドルとして人を笑顔にすることが何より好きだ。入学した頃よりその想いは強くなった。

発表の順番が回ってくる。

「私は、卒業後は福岡のご当地アイドルになって、福岡を盛り上げて、みんなに笑顔を届けたいです」

そのために具体的に頑張っていることってある？　と前田先生。

「メンバーを募集してるアイドルグループを探して、動画とかも見たりして、いいなと思ったら休みの日に現場に行ってます。実際にグループの雰囲気を肌で感じて、行きたいところを決めたいと思っています」

最近はグループの雰囲気だけでなく、ファンの雰囲気も大事だと思い始めている。早く決めたい気持ちはあるが、ここは焦らず慎重に見極めたい。

「今、気になっているアイドルグループはどこかあったりする？」

「えっと、まだいろいろ探してるところで……」

一瞬、ためらった。

(どうしようか……。でも、ちゃんと私の想いを伝えたい)

「ほんとは、一番入りたいと思っているのは、博多ORIHIMEさんです」

少し間を空けて、「でした」と言い直した。

「でした、ってことは？」

「今はメンバー募集をしていなくて。それでほかも探してるんです」

福岡にはたくさんアイドルグループがあるから、まりあちゃんにぴったりのところが見つかるよと、前田先生がエールを送ってくれた。

　まりあが一年生のとき、博多ORIHIMEのリーダーの白石ありさがゲスト講師として大学に来たことがあった。彼女は底抜けに明るくて、にぎやかな「お祭りお姉ちゃん」という雰囲気で、「なんか好きだな」とまりあは思った。

　それから博多ORIHIMEのYouTubeチャンネルを見るようになった。基本的にはアイドル路線ではあるけれど、自分たちで企画して、案外バカみたいなこともやったりして、すごくいいグループだと感じていた。

　やがて、将来こんなアイドルグループで活動したいと思うようになった。卒業後の進路を具体的に考えるようになってからは、いろいろなアイドルグループを調べたが、一番入りたいのはやっぱり博多ORIHIME

だった。

しかし、肝心の新メンバーの募集がない。ほかも探しているが、ビビッとくるグループにはまだ出会えていない。


卒業公演の日はどんどん近づいてくる。まりあは、家のリビングでパソコンに向かい、脚本を書いていた。今井先生に、昨年のバカップルに代わるような、もっと面白くて見る人をひきつけるコメディキャラ作りを任され、頭を悩ませていた。

お風呂上がりの母が鼻歌交じりにやってきて、冷蔵庫を開ける。

「まりあ、プリンでも食べる?」

そっけなく「今、集中しとるけん、いい」とパソコンに向き直る。

「あんたが集中なんて珍しかね。そんな感じで机に向かうとか、地球が割れるんと違う?」

笑いながら、プリン片手の母が向かいに座る。

確かにこんなに長い時間机に向かうことは、

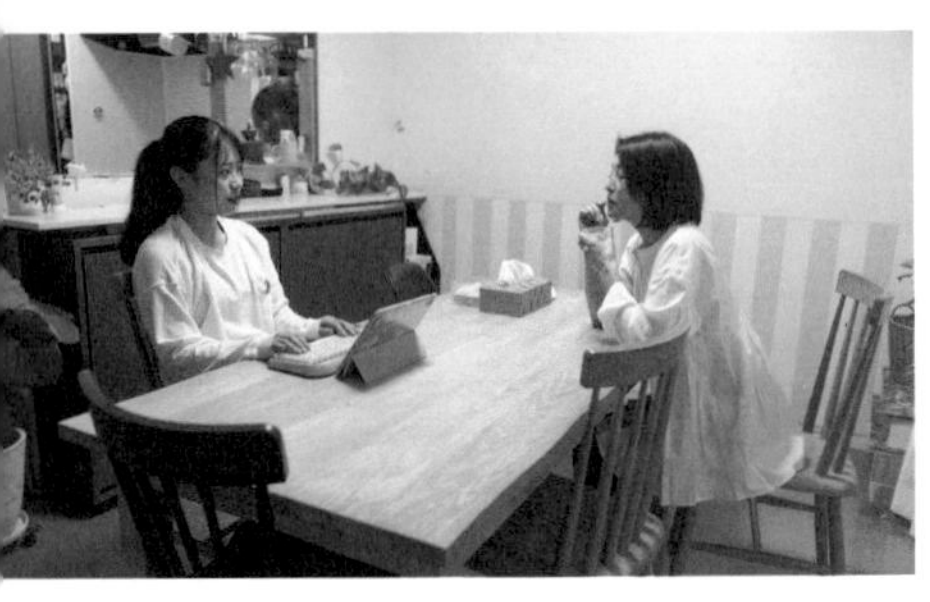

これまでほとんどなかった。勉強を始めても、三十分後には漫画を読んでいるようなまりあだ。今まで近くで見てきた母が一番わかっているだろう。私は頑張れない子だと。

「そろそろ卒業後のことも考えんといかんやろ。今、就活も大変とよ」

母は、まりあが卒業後もアイドルをやっていくつもりだとは全く思っていない。だからこそずっと言えずにいた。

「そんなにできるなら、就活に集中しなさいよ」

うるさい、とだけ言い返し、これ見よがしにイヤホンをつけた。

(今は、脚本に集中したいの!)


「配信ライブまで一か月切ったよね」

いつもの学食。舞が話し始めた。

「厳密にはあと三週間ね」

聖羅が冷静に答える。今年から配信ライブは年に二回行うようになっていた。

「確か今Pへのサプライズって配信ライブの日でしょ?」

まりあはパンをほおばりながらうなずく。配信ライブの日はちょうど今井先生の還暦の誕生日だった。いい機会だからみんなでお祝いしようと、サプライズを計画しているのだ。

「配信ライブまでバイトで忙しくてさ、申し訳ないんやけど、サプライズの仕切りはまりあにお願いしてもいい？」

舞がお願いするなんて珍しい。「いいよ」と二つ返事で引き受ける。

その日がまりあにとって大変な一日になるなんて、このときは想像もできなかった。

「まりあ、ちょっとオーディション対策室来れる？」

突然北島先生に声をかけられ、飛び上がった。

さっきのサプライズの話を聞かれただろうか。今Pには内緒ですよと、聖羅が北島先生に釘を刺す。

「ふふ、もちろん、何も聞かなかったことにする。で、まりあ、この後大丈夫？」

「はい、大丈夫です」とうなずいて、先生についていく。

（何だろう……ドキドキするんですけど）

「まりあ、博多ORIHIMEに入りたいらしいね。前田先生から聞いたんだけど」

ああ、そのことか。

「ほんとはそうなんですけどね。メンバー募集してなくて、だからまだいろいろ探し中です」

「実はさ、ちょうど来週、白石ありささんがうちの学科に来られるの。今井先生とのコラボ企画の打ち合わせがあるのよ。せっかくだからそのとき突撃してみたらどうかと思って。水曜の十五時って空いてる？　確かまりあは授業ないと思うけど」

「えっ、はい、もちろん、空いてます！」

即答だった。

（何これ？　こんな偶然ってある⁉）

こんなチャンス、逃すわけない。

翌週の水曜日。もうすぐ十五時になる。打ち合わせは第

二スタジオらしい。

恐る恐る窓からのぞくと、確かに白石ありさの姿があった。一気にドキドキが大きくなる。

「あ、さっきお話しした二年生の山城まりあが来ました。ほら、まりあさんこちらに」

今井先生に呼ばれ、憧れの白石ありさの前に立つ。が、緊張しすぎて、言葉が出ない。

（やばい、何か言わなきゃ。変なやつだって思われちゃう）

「大丈夫？」

「あっ、だ、大丈夫です。えっと、二年生の山城まりあです。いつもYouTube見てます」

ありがとうと白石ありさが微笑む。

（うわぁ〜。ありささんの笑顔いただきました！）

うん、勇気をもらった。突撃！

「大学を卒業してもアイドルをやっていきたくて。

私、博多ORIHIMEさんに入りたいです！」

言えた。心臓、口から飛び出すんじゃないかと思うくらいバクバクしてるけど、言えた。

一緒にいたスーツ姿の男性がまりあに名刺を差し出す。

「博多ORIHIMEのマネージャーの高橋です。二週間後にまたお邪魔するので、履歴書を持ってきてくれますか？　よかったらそのとき面接できたらと思います」

マジか。まさかの展開。

「はい、わかりました！」まりあは威勢よく返事をした。

履歴書、面接って……。とんとん拍子すぎて、YouTubeでよくやるドッキリ企画なんじゃないかと、本気でカメラを探してきょろきょろした。このグループならやりかねない。現実に追いつかない頭のまま、まりあは第二スタジオを後にした。


予想もしなかった博多ORIHIMEの面接。しかし、喜びにひたっている暇はない。二週間後というと、配信ライブで、さらに今井先生のバースデーサプライズの日だ。学科のみんなに色紙に寄せ書きを書いてもらったり、プレゼントやケーキの準備をしたり、卒業した先輩たちにも声をかけたい。やることが山ほどある。


それからの二週間はあっという間だった。

博多ORIHIMEの面接、という緊張感は全くなかった。むしろ配信ライブとサプライズが成功するかどうかのほうが心配なくらいだった。

ライブの準備中、詩織先輩と奈緒子先輩が差し入れを持って来てくれた。

勘のするどい今井先生がサプライズに気づいてしまうんじゃないかと気が気でなかったが、ごく普通に、懐かしそうに先輩たちと話しているのを見て、少しほっとする。

配信ライブ終わりにすぐサプライズできるよう、プレゼントとケーキは配信会場の隣の第二スタジオに置いていた。始まる前の数分の間に、今井先生が第二スタジオに行ってしまったら計画が台無しだ。けれどそのタイミングが一番バタバタしているし、ずっと見張っているわけにもいかない。

まりあがふと周囲を見ると、先生が会場の外にいる！

ヤバい！　と思ったそのとき、第二スタジオから聖羅が出てきた。

「ここでみんな着替えてるんで」

あ、ごめんと先生が会場に戻ってくる。ナイス聖羅！　グッジョブだ。

「もうすぐ配信の時間です！　各自スタンバ

イお願いします」

リーダーの舞が全体に声をかける。

セーフ！

どうにか先生にバレることなく、配信が始まった。

（いや、もう、この間からドキドキ続き……。大丈夫？　私の心臓）


大きなアクシデントもなく、無事に配信ライブは終わった。ライブの後はいつも今井先生の講評の時間だ。タイミングを見て、まりあはお腹が痛いと小芝居をうつ。

「大丈夫ですか？」

今井先生が心配するのを申し訳なく思いながら、「すみません、ちょっとお手洗いに」とまりあは会場を出る。続いて「心配なので」と聖羅が追いかけてくる。あとは第二スタジオから、プレゼントやケーキを運ぶだけだ。

「ちょっと待って。これふたりじゃ厳しくない？」

確かに思ったより量が多い。そこまで考えてなかった。

「はいはい、うちらも手伝うよ」

「きゃ～、先輩、神！」

救世主のごとくさっそうと、詩織先輩と奈緒子先輩が駆けつけてくれた。そのまま四人で配信会場に突入する。

「ハッピーバースデートゥーユー。ハッピーバースデートゥーユー」

歌いながら入ってくるまりあたちを見て、驚く今井先生。学生全員の手拍子が加わり、大合唱になる。

「ハッピーバースデーディア今P。ハッピーバースデートゥーユー」

みんなが口々に感謝とお祝いを伝え、プレゼントや色紙を渡す。

驚きながらも、今井先生は嬉しそうに笑ってくれた。

普段の講義や練習で私たちのために見せる優しい笑顔ともまた違い、本当に喜んでくれているのがわかる。

(今Pの笑顔いただきました！　サプライズ成功！)

ほっとして、ひとつ肩の荷が下りた。

一大イベントを終えた安心感で、博多ORIHIMEの面接には自然体で臨めた。うまくやらなきゃ、と変に気負うのはやめて、ありのままの気持ちを答えていく。

「最後にいいですか？　最近、楽しかったことや嬉しかったことは何ですか？」

ありささんに質問され、今日までのことを振り返った。

「今日の配信ライブも楽しかったんですけど、今P、あ、今井先生のバースデーサプライズの準備や、みんなでバレないようにやってる感じとか、とても楽しくて。それから先生の笑顔を見られて、すごく嬉しかったです」

「そうですか。ありがとうございます」

マネージャーの高橋が立ち上がり、まりあに紙を渡す。

「えっと、これは……？」

カレンダーというか、シフト表みたいなものだ。

「レッスン表です。その時間、大丈夫であれば、うちのスタジオに来てください」

「ふぇっ⁉」

あまりの驚きにおかしな声が出た。

（これは受かったってこと？　いや、たぶんまだ違う。このレッスンで試されるんだ！）

表には十回のレッスン日と時間が記載されていた。おそらく、この十回で最終的な判断がされる。

何だろう、この感じ。ドキドキとも緊張感とも違う。胸の奥がジワリと熱くなる。思わず、ぎゅっと指をにぎり込んだ。

最初のレッスンは四日後だった。スタジオに入ると、練習着姿の白石ありさがいた。

(まさか、レッスンってありささんとふたりきりでってこと?)

体に緊張が走る。

「山城まりあです。よろしくお願いします」

「こちらこそよろしくお願いします!」

元気が取り柄のまりあを超える、さらに元気のいい挨拶だった。

「まず初めに、挨拶が一番大切だから、歌えなくても踊れなくても、どんなときも元気よく!」

「はい」

「返事ももっと元気よく!」

「はい!」

レッスンの始まりだった。

初回はひたすら筋トレからのリズム練習。筋トレでは、まりあは腕立て伏せ十回三セットのうち一セットしかもたず、全くついていけなかった。

白石ありさとのマンツーマンのレッスンは、回を重ねても毎回筋トレ、リズム練習、ダンスの基礎ステップ。

それじゃかわいくない。ここにいる私をファンと思ってやって。ちゃんと目を合わせて、魅了して。

（ありささん、笑顔で厳しい……）

いつになったら博多ORIHIMEの楽曲を踊れるのかと気が遠くなる思いだった。

きついのはレッスンだけではなかった。卒業公演の舞台を進行するストーリーテラーの役も引き受けていた。まりあ自身が書いた脚本だったが、セリフ量が一番多く、覚えるのも大変だった。

さらに、公演中に流す映像の作り直しもある。こんなに大

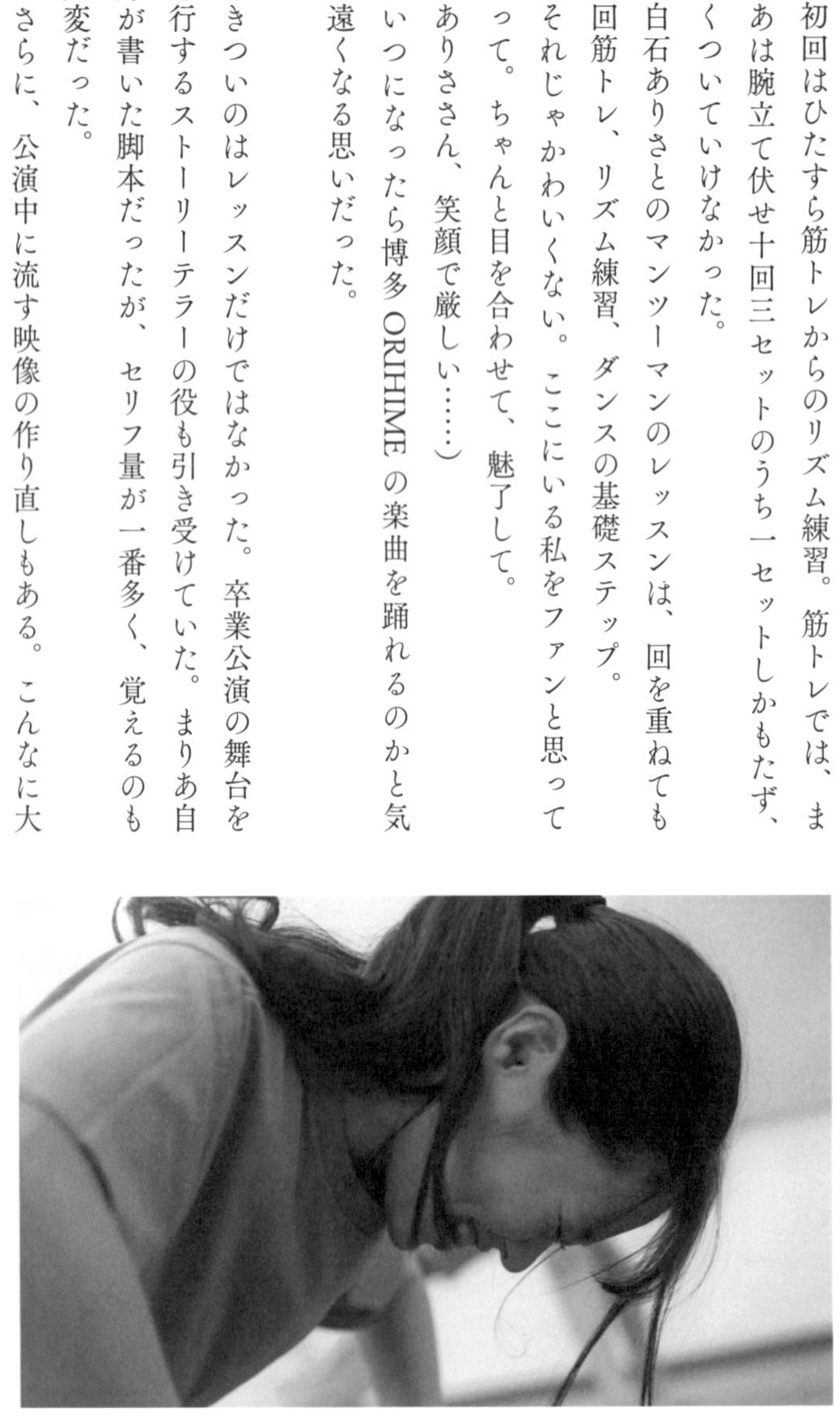

変な状況になるとは思ってもいなかったときに、「私にやらせてください」と今井先生に自分から希望したのだ。中途半端なものにするわけにはいかない。何より、今井ゼミでドラマ制作をしたことで、映像制作の面白さにも目覚めていた。

一年かけてドラマを作った今井先生のゼミは、大変だったけど楽しかった。しかし今回は、レベルの違う指導を受けた。音楽の入れ方や映像の切り替わりなど、微妙なタイミングを次々と指摘される。ゼミのときよりはるかに厳しく妥協がない。

(楽しく作ろうと思っていたんだけどな……)

新年を迎えたころ、冬の寒さもずいぶん厳しくなっていた。いつものようにレッスンに行く準備をし、玄関に向かう。

「どこ行くと?」

珍しく母に聞かれた。「レッスン」と答える。

「大学のレッスンじゃなかとね」

いつもなら、ごまかしてきた。母は、過去に挫折してきたまりあを知っている。アイドルになりたいなんて話したら、絶対反対するだろう。それが面倒で避けてきた。でも今日は、嘘をつくことのほうが面倒だった。

「そうだよ。今、博多ORIHIMEっていうアイドルのレッスンを受けてるの」

「どういうことね？」

「私、博多ORIHIMEに入ろうと思ってる」

「これから入るってことは、ずっとアイドルをしたいってことなん？」

そうだよとうなずく。

「あんたね、西短でセンターもできとらんとに、そんなんでプロのアイドルになれると思ってんの？」

（そんなこと、私が一番よくわかっとる）

博多ORIHIMEに入れるのかなんてわからない。だけど、少しでも可能性があるならやってみたい。

まりあは「いってきます」とだけ言って、家を出た。

レッスンでは、ようやく博多ORIHIMEの『NIWAKA!!』という曲の振り付けを教えてもらった。繰り返しYouTubeで見ていた曲を、ありささん本人から教わる。これまでと違いテンションが上がる。だけど、それも初めだけだった。

「ただダンスを覚えるだけじゃダメ。ここはもっとかわいく元気よく」

いつもと同じ指摘が飛ぶ。求められているレベルに全然達してない。そう思ってしまう自分が嫌だった。ダメだって認めてるみたいだ。そんなこと、認めたくないのに。

「何、泣いとるの？　泣いたってうまくならん。もっとくらいついてこんと」

泣きたいわけじゃない。ただ涙が止まらなかった。

もう、辛いのか、悔しいのか、どうしたいのか、自分でもわからない。

（限界なのかな……）

——西短でセンターもできとらんとに、そんなんでプロのアイドルになれると思ってんの？

あぁ、お母さんの言う通りかもしれない。これまでの努力や、夏祭りで感じた悔しさをバネに頑張ってきたことは、なんだったのか。

ぐるぐると思考が堂々巡りをして、答えは出ない。答えが出ないから、レッスンを続けた。泣きながら。

今井先生の研究室で、修正した映像を見てもらっていた。今井先生は黙って見ていた。

どうですか？　と恐る恐る尋ねる。

「だいぶよくなりましたが、三つ目のシーンの音量バランスはまだよくないですね。セリフが聞き取りづらいところがあります」

修正しすぎて、自分ではわからなくなっていた。いや、心身ともにもう余裕がなくなっているのかもしれない。

「これじゃダメですか？　もう無理です。やること多すぎて。いっぱいいっぱいで。博多ORIHIMEのレッスンもきつくて」

今井先生はしばらくまりあを見ていた。そして、いつものように落ち着いた口調で話し始める。

「まりあさん。自分からやりたいと言ったことを、中途半端にしていいのでしょうか？」

返す言葉が見つからず、まりあは黙って先生を見上げる。

「もうすぐ卒業し、プロの世界に入ることになります。甘い世界ではありません。どんなときでも最高のパフォーマンスを求められます。だから私は、今のまりあさんとはひとりの学生としてではなく、プロとして向き合っています。こうやって直接教えてあげられる時間はあと少しだから」

——プロとして向き合っている。

その言葉がまりあの奥深くで、じんじんと熱を帯び始めた。なんだか痛くて目を伏せる。

「まりあなら乗り越えられるよ」

ハッとして先生を見た。まっすぐに向けられたその目に、まりあが映っている。

（先生は私を信じてくれてるんだ）

そうだ。全部、自分がやりたいって言ったこと。それを叶えようと、先生もありささんも手伝ってくれている。

（なのに私は、ふたりはプロだからできる、自分とは違うんだって、できない言い訳にしてた）

甘えていた。頑張っているつもりになっていた。ぎゅっと指を握り込む。

（死ぬ気でくらいついていってやる！）

まりあは心の中で叫んだ。まずはこの映像を、今井先生に十分だと言われるまでやってやる。レッスンではありささんに認めさせる。絶対、博多ORIHIMEに入ってやる！


その日から、まりあはあれこれ考えるのをやめた。ただひたすら、目の前のことを必死にこなしていった。しんどいとか、辛いとか、限界なんてものを感じる暇もないほどに動いていた。卒業公演の練習中に、立ったまま眠ってしまうくらいに。

卒業公演まで一か月を切っていた。そして迎えた、博多ORIHIMEの十回目のレッスンの日。これでグループに入れなくても、もう悔いはない。やれることはすべてやりきったという自信があった。

スタジオには、博多ORIHIMEのメンバー全員とマネージャーの高橋がいた。ありさ以外のメンバーに会うのは初めてだ。

「これからは四人でレッスンしていきます」

（え？　今、これからって言った？　高橋さん、そう言った？）

間違いなく「これから」と言った。ということは、つまりそういうことだ。

「博多ORIHIMEは三月からこの四人での新体制になります。三月七日のライブがまりあのデビューになります。よろしくお願いします」

少しの間、何が起こったのかわからなかった。言葉が出ない。

今確かに「この四人」と言われた。白石ありささん。上川まゆさん。星乃あみさん。YouTubeでいつも見ていたこのメンバー。

（この中に、私も入れるんだ！）

「やっ……」

ったーーー、と叫びかけ、かろうじて思いとどまった。残った中途半端なガッツポーズを戻して、深く頭を下げた。

「よろしくお願いします‼」
ありささんから叩き込まれた、元気な笑顔の挨拶。
初対面のまゆさんとあみさんからも挨拶があった。
「レッスンお疲れ様。よく頑張ったみたいね」
「これから一緒によろしくね」
そしてありささんからも、これまでにないフランクさで、
名前を呼んでもらった。
「まりあ、改めてよろしく！」
「ありがとうございます。こちらこそ、これからよろしく
お願いします！」
こみ上げてきたのは涙じゃない、心の汗だ。なんだっけ、
お笑いのネタ？　どこかで聞いた言葉を思い出しながら、
グッとこらえる。見せたいのは、今日最高の笑顔なんだか
ら。

帰宅しても、リビングにいる母とは言葉を交わすことな

く、自分の部屋に向かう。ベッドに横になり、博多ORIHIMEに入れる喜びを噛み締める。

そのとき、北島先生から連絡が来た。送られてきたのは、卒業公演の最後の曲『あかるいほうへ』のフォーメーションだった。楽曲の中で何度もフォーメーションチェンジがあるが、なんと最終ポジションはまりあがセンターになっている。

(何かの間違い？)

この一年間はずっと里香がセンターだった。まりあは一年生のときから一度もセンターになったことはない。


翌日、北島先生を訪ねた。

「間違ってないよ。まりあがセンターだよ」

昨夜の連絡を確認すると、さらりと返された。

(え、なんでここにきて私が？)

「今井先生がね、最後はまりあをセンターにするって」

今井先生と聞いて、その目に映った自分を思い出す。なんだかわかった気がした。

(私を認めてくれたんだ！)

まりあは久しぶりに聖羅と舞と三人で帰っていた。

「おバカーズ最高。まりあが考えたの？」

舞が聞いてきた。卒業公演のバカップルに代わるコメディキャラだ。にぎやかしキャラならふたりより多いほうがいいんじゃない？　なんていう単純なノリで出来上がった、三人組の楽しいおバカ集団。

「私だけじゃないよ。脚本チームみんなでアイデア出し合ってできたんだ。それからね、実は一大報告がありまして。私、三月に博多ORIHIMEのメンバーとしてデビューすることが決まりました！」

「えーっ⁉　ホント？　おめでとう！」

ふたりは自分のことのように喜んでくれた。

「じゃあ私はまりあのデビューを見届けてから東京行く感じだね」

聖羅が言うと、舞も手を挙げた。

「はい！　実は私も報告があります！　ラジオ局に内定が決まりました！」

「きゃー！　舞もおめでとう！」

「ちょっとちょっと、ふたりとも浮かれすぎ。まずは卒業公演でしょ」

大丈夫だって、と舞とまりあは笑う。いつものようにふざけながら歩く並木道。

（でも、この道も、もうすぐ〈帰り道〉じゃなくなるんだ）

まりあは母に、博多ORIHIMEに入ること、卒業公演の最後の最後にセンターを務めることを話せずにいた。大学卒業後もアイドルを続けたいと言った日から、ほとんど会話もしていない。最後に西短でセンターになったところで、アイドルを続けることを認めてくれないのではないだろうか。

もちろん、たとえ母が認めてくれなくてもアイドルをやるつもりだ。ただ、せめてセンターになった姿は見てほしい。まりあは卒業公演の案内をそっとリビングのテーブルに置いて、練習に向かった。

卒業公演当日。会場は一年前と同じ福岡市民プラザ劇場。全員で発声練習を行い、調整が終わっていないシーンを調整する。

ゲネ前にまりあは、制作チームに挨拶に行く。

客席の上にある調整室では、音響・照明や映像の最終確認が行われている。

「映像出しはバッチリそう？」

「めっちゃバッチリ」

萌が答える。

萌はすでにプロのアイドルとして活動しているので、学科では表舞台に立てない。そもそも学科に在籍していること自体公表できない。だが、こうやって制作チームのメンバーとしてみんなを支えてくれている。

入学したときは萌の存在がまぶしすぎて、いきなり絶望したのが懐かしい。今では、いてくれるだけで頼もしい、力をくれる大切な友だちだ。

「今回の脚本、まりあちゃんだよね？　うちらの期らしいよね。おバカーズとか最高！　本番楽しみ」

まりあは「ありがとう」と笑った。

控室に戻ると、詩織先輩と奈緒子先輩が応援に来てくれていた。緊張している聖羅と舞はしっかりいじられている。

「聖羅ちゃんでも、自分の卒業公演となると緊張しちゃうんだね」

詩織に言われ、別にいつも通りですよと強がる聖羅を、舞が冷やかす。

「今日の聖羅は何回もトイレ行ってます。絶対、私より緊張してますよ」

なんか一年前よりふたりが仲良くなっててウケるね、と奈緒子が笑う。

「先輩たち、いつもありがとうございます。詩織先輩、今日はよろしくお願いします」

現在女優として福岡の舞台で活躍している詩織は、東京の事務所に所属が決まっていて、来月上京するらしい。今回、詩織には途中でゲストとして出演してもらう。

（いつか私も、同じステージに立てるよう頑張りたい）

「立派になったね、みんな。私泣きそう」

泣きマネをする詩織を見て、先輩、演技下手になりましたねと突っ込む聖羅。みんながどっと笑う。まりあは一年前を思い出すが、なんだか遠い過去のことのようにも思える。

「もうすぐゲネの時間です」

控室に顔を出す里香。この間まで時間にルーズだったとは思えない成長ぶりだ。私たちが成長したように一年生たちも成長している。ひとつひとつに小さな積み重ねと年月を感じた。

ゲネを終え、先生たちからの最後の講評の時間になる。いろんなイベントでいつも聞いてきた今井先生の講評を聞けるのもこれで最後かと思うと、急に「卒業」が現実味を帯びてくる。

「もう特に言うことはありません。二年生は感じていると思いますが、昨年より準備がだいぶスムーズになりましたよね。先輩たちが作ったものの上に、みなさんがさらに積み上げたことの証です。あとはShow must go onの精神です。始まったら、何があってもみんなで協力して、最後まで駆け抜けましょう。そしてこのステージを楽しんでください」

「このメンバーでほんとよかった。みんなありがとう！　最後のステージ、せいいっぱい楽しもう！」

舞の掛け声、最後の掛け声にみんなの「おー！」という声が重なる。

開場前の誰もいない客席にまりあ、舞、聖羅はいた。特に深い話ではない。ステージについての打ち合わせでもない。ただただ普通の時間、たわいもない会話。舞が急に自分たちをケーキにたとえ始めただけの意味もない会話。

「聖羅はモンブランて感じ」

「うわ、わかる」

「何がわかんの」

「ショートケーキじゃない王道」

「マジそれ。アイドルってより女優って感じ。で、舞は何？」

「聖羅、そんな難しいって顔しないで」

「うーん、フルーツタルト」

「ヤバ、なんかわかる」

「えー、どういうことよ」

「じゃあ私は？」

「まりあはチョコレートケーキ」

「そこはショートケーキじゃないの」

「ショートケーキは萌」

「それ言われたら、確かに」

刻一刻と開演の時間は迫っていた。ギリギリまでそんなくだらなくてどうでもよくて、けれどかけがえのない話をしていた。

開演の時間。オープニングの音楽が高鳴る。ざわざわとしていた満員の客席が静まった。

そして、幕が上がる。

ピンクの衣装をまとい、全員で踊る『未来はきっと。』。

華やかで目をひく里香のダンス。舞も自信にあふれたダンスを披露している。シーンは進んでいく。聖羅は堂々と演技をしている。ゲスト出演の詩織。圧倒的な貫禄を見せる。おバカーズとまりあの絡み。会場は笑いに包まれる。今井先生は客席から微笑みながら見守っている。何度も修正した映像が流れる。その間にバタバタと衣装を着替える。あっという間に時間が過ぎていく。

最後の楽曲『あかるいほうへ』のイントロが流れ出す。もうこの曲で最後だ。全員がステージに立った。胸が熱い。

そのとき、客席の端にいる母の姿がまりあの視界に入った。来てくれたんだ。

(見ててね。ちゃんと私、センターに立ててるよ。最初で最後だけど)

あっという間だったな。入学してすぐクラスメイトを見て、絶望して。現実と理想のギャップを思い知った。

『近づけない現実。話しかける口実。探すのもうやめにしよう』

お母さんの厳しい言葉を思い出して、みんなの前で宣言したんだ。誰よりも輝ける、笑顔を届ける存在になるって。そしたら、ダンスに特化したユニットに入って。ダンスで挫折したのに。でも、頑張れない子のままは嫌だったから、必死で頑張った。

『モノクロの中で見つけた光は、まっすぐ私の心の中で輝く。進むの、振り向かない。きっと生まれ変わるの』

一年生なのに選抜にも入れた。配信も毎日頑張った。二年生になったらセンターになってやるって思って、ほんと頑張ったんだ。だけど、センターは一年生にとられた。本気で悔しかった。

『雨上がりの空から一筋の光が差す。
君となら明るい方へ』

でも、このメンバーは最強だよ。このメンバーで踊るのが大好き。だから、イベント出演も自分で引っ張ってきた。だって、できるだけたくさんみんなとステージに立ちたかったから。私たちの時間は限られてるんだから。

みんな、これからそれぞれの道を行く。私はアイドルを続ける。プロのアイドルになる。この二年間は無駄じゃなかった。

――お母さん、私アイドルになったよ。

『指の先で合図を。新しいこの世界で。
どこまでも羽ばたいてゆけ。あの空まで』

最後のフォーメーションへと向かう。このメンバーで踊るのはこれで最後か。あぁ終わっちゃう。

終わりたくないな。もう一曲ないかな。

　まりあはこみ上げてくる感情を抑え、踊り続ける。


　そして、初めてのセンターポジション。

（ああ、やばい。最高）

　今までで一番の笑顔を客席に向ける。華々しく輝く笑顔を。


　曲の最後、全員がお客さんに背を向ける。まりあだけが客席に向かって振り返る。お客さんも、制作チームのみんなも、ステージに立つ仲間もよく見える。

　まりあを見つめる里香。客席の上の調整室には萌の笑顔。号泣している客席の詩織。寄り添う奈緒子。

　表情は見えないが母の姿は確かにある。優しく見守る今井先生。両サイドの聖羅と舞は泣いている。まりあは微笑む。ふたりの肩に手を置き、ステージ前方に向かう。

　明るい未来を指すように手を伸ばした。

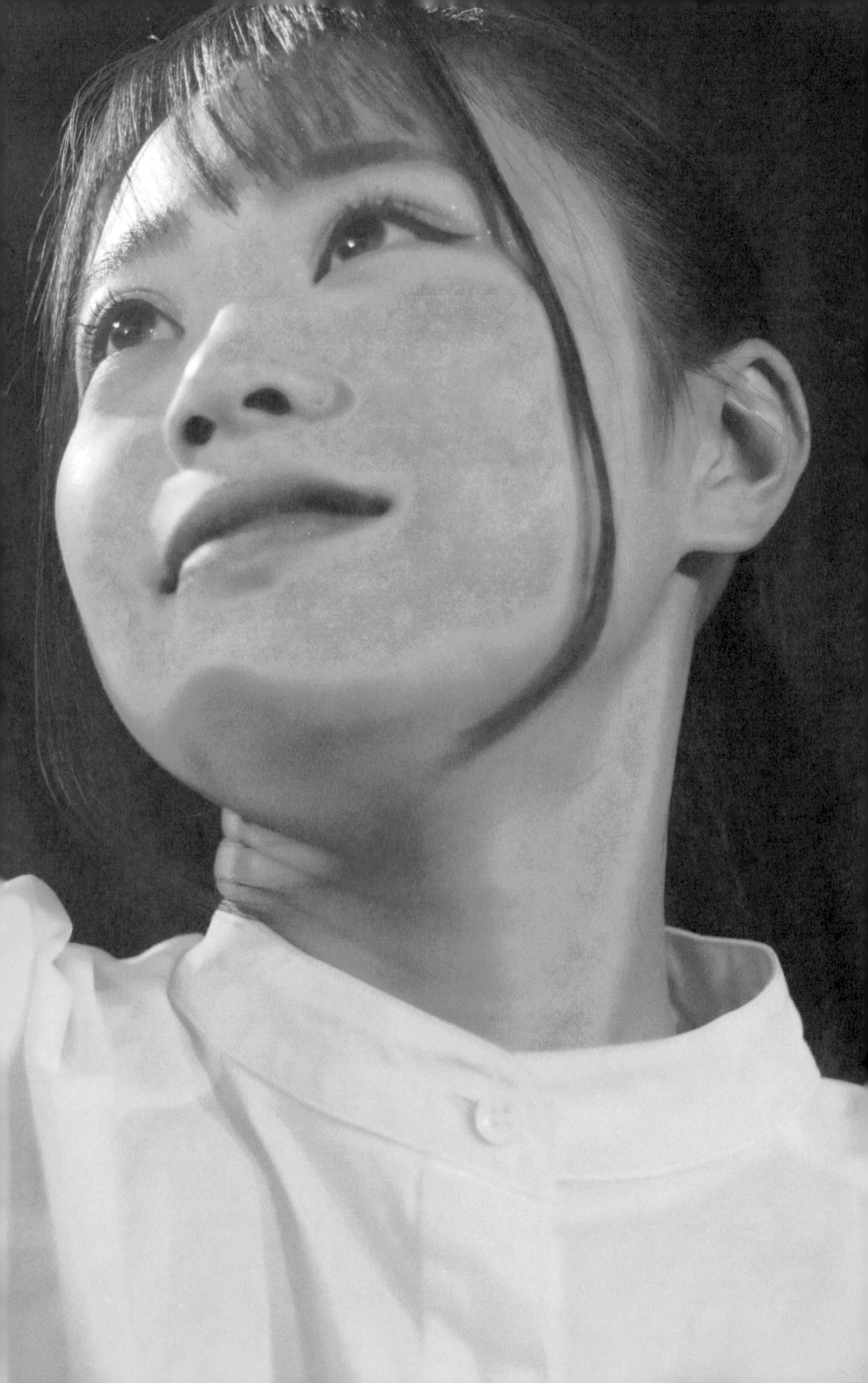

そのまま暗転。エンドロール。映画みたいに名前のクレジットが流れる。〈はな組〉、〈ほし組〉、〈かぜ組〉、〈そら組〉。それから声優ユニット、モデルユニット、演劇ユニット、シンガーユニット、制作チーム。みんなの名前が並んでいる。たくさんの人の力があって、これまでがあって、このステージが、「今」があるんだとまりあは実感する。

仲間たちの名前を見ながら、涙が止まらなかった。

そして春の暖かな空気が流れ始める。とても澄んだ朝。

この日、まりあは博多ORIHIMEのメンバーとしてデビューする。いつものように身支度を整え、玄関を出る。母が顔を出す。

「いってらしゃい」

まりあは振り返り、笑顔になる。

「いってきます」

エピローグ　あかるいほうへ

春の暖かな空気が福岡を包む。真っ青な春空のもと、西日本総合短期大学では卒業式が行われていた。今井聡は、感慨深い気持ちで教え子たちを見ている。

この大学に赴任してきたのは二年前。つまり、初めて一年生から見てきた学生たちの卒業だった。山城まりあ、滝沢聖羅、森下舞、橋本萌……。名前を挙げたらきりがないほど、多くの学生と関わってきた。

この大学に赴任して福岡に来る前は、東京のテレビ局でドラマのプロデューサーをしていた。やりがいのある仕事だったし、何よりドラマ制作が好きだった。だから、定年までこの仕事を続けることに何の疑問もなかった。

しかし、当たり前に続くと思っていた日常は一変した。心筋梗塞で倒れたのだ。ドラマで何度も撮影してきた手術室への搬送シーンを実際に体験したとき、とてつもない喪失感と焦りを感じた。

自分がこの世からいなくなったら、今日まで積み重ねてきたもの、エンタメやメディアの分野での学びや経験がすべて消えてなくなってしまう。

運良く一命をとりとめ、目を覚ましたとき、今度は自分に新たな使命を与えられたと感じた。

これからは、自分が経験してきたこと、学んできたことを若い世代に受け継ごう。そのために、縁もゆかりもない福岡に、この大学にきた。

自分のこれまでの経験を伝え、学生たちが成長する姿を見ていると、自分の人生が次代の若者たちの役に立っているのだということが実感でき、生きがいを感じられる。

久しぶりに会った人に「今井さん昔より生き生きしてますね」と言われるほどだ。自分が与えるものよりも、学生たちから与えられるもののほうが多いのかもしれない。


全くの畑違いだった「教える」という仕事に、苦労がなかったといえば嘘になる。学生たちに伝えたことや、伝え方は正しかっただろうかと悩むこともあった。

でも、あの日のことを思うと、きっと間違ってなかったのだと思える。


あれは、舞たちが中心となった二回目の配信ライブの日だった。

ライブの後にいつものように講評していると、まりあが腹痛をうったえた。まりあを心配し、聖羅も教室を出て行く。

大丈夫だろうかと思っていると、教室のドアが開き、ハッピーバースデーの合唱が始まった。まりあの手にはケーキ。聖羅も何か持っていて、卒業生の詩織と奈緒子も入ってくる。

この日は還暦の誕生日だった。まさかこの歳になって、サプライズを受けるなんて。学生たちがサプライズを計画してくれたこともちろん嬉しかったが、一人ひとりの言葉が何より嬉しかった。

里香からはＭＰ学科のみんなの寄せ書きの色紙をもらった。

「お誕生日おめでとうございます。どうしようもないときに相談に乗ってくれて、選抜チームに戻れなくなった私をみんなの輪に戻してくれてありがとうございました」

里香が泣きながら電話してきたときは驚いた。

先輩たちにとんでもないこと言っちゃって、練習に戻れなくてどうしたらいいですかと、珍しく取り乱してい

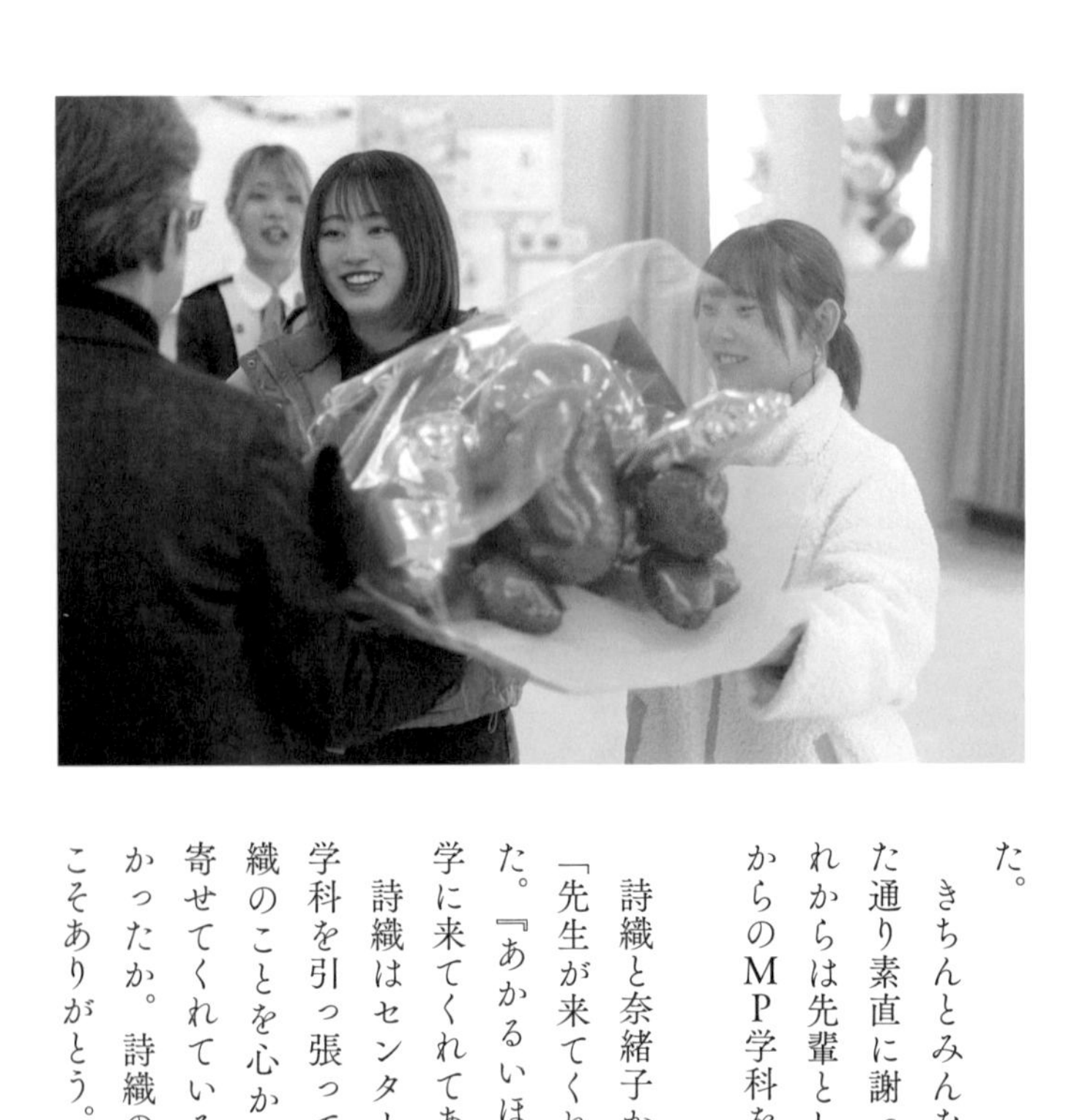

た。

きちんとみんなに謝りなさいと伝えた。里香は言われた通り素直に謝って、それからは遅刻もなくなった。これからは先輩として、後輩を引っ張る立場になる。これからのＭＰ学科をよろしく頼むよ。

詩織と奈緒子からはバルーンの花束をもらう。

「先生が来てくれてから、ＭＰ学科は本当に変わりました。『あかるいほうへ』のＭＶは私の宝物です。この大学に来てくれてありがとうございました」

詩織はセンター兼リーダーとして、新しくなったＭＰ学科を引っ張ってくれた。視野が広く、責任感もある詩織のことを心から信頼していたし、詩織からも信頼を寄せてくれているのを感じていた。それがどれだけ心強かったか。詩織のおかげで今のＭＰ学科がある。こちらこそありがとう。

「あのとき、選抜から外れたことでいろんなことに気づけました。あれから遅刻も全然しなくなったし。今度、福岡でアイドルとしてデビューします。今P、デビューライブ見に来てね！」

黙っていることもできただろうに、奈緒子はわざわざ遅刻したことを言いに来た。なんて素直なんだと思った。そんなまっすぐな奈緒子なら、選抜から外れても腐らないと確信していたよ。念願のデビューおめでとう。

聖羅と萌からプレゼントをもらう。

「演技が好きな滝沢聖羅でいいって言ってくれて、その言葉が今の私を支えてくれてます。先生が自慢できる女優になってきますね」

涙ながらに話してくれたことは忘れない。何者かにならなきゃ、結果を出さなきゃと焦る聖羅に、自分らしく

いることの大切さを伝えたかった。きっと今の聖羅なら大丈夫。どんな辛いことがあっても続けられるよ。

「何度も何度も相談に乗っていただき、ありがとうございました。あのままだったら私、今も研究生のままだったかもしれません」

萌とは学生と先生というより、タレントとプロデューサーのような関係だった。とは言え、正規メンバーになれたのはまぎれもなく、萌の努力の結果だよ。今の調子で頑張ればもっと人気が出るはず。

最後に舞とまりあからケーキをもらった。

「入ってこんなに変われるんですね。先生がアイドルに誘ってくれたから、今の私がいます。ほんとに今が楽しいです」

舞にはアイドルとしての素質があった。〈ほし組〉や選抜に舞が加わり、どれだけみんなが刺激を受けたか。この一年はリーダーとして学科をまとめてくれてありがとう。アイドルとしてもリーダーとしても、本当に立派になったね。

「今P、還暦おめでとうございます！」

まりあは一気に場を盛り上げる。

このサプライズを企画してくれたのは、きっとまりあだろう。君は本当に人を笑顔にすることが好きなんだね。

何度挫折を経験しても、いつもポジティブで笑顔を絶やさないまりあ。入学してきた頃は目立たない存在だったのに、誰よりも努力して、今ではセンターにいなくても、どの位置にいても、思わず目で追ってしまうような輝きを身につけた。これだけ周囲の人をひきつけるまりあなら、プロのアイドルとしても立派にやっていけると信じているよ。

晴れ着姿の学生たちを見ながら、ともに過ごした日々の出来事を思い返す。あっという間の二年間だった。

新しい人生を歩む決意をして福岡に来て、学生たちと過ごしたこの二年。自分が踏み出した一歩が

確かなものになったと感じる。
　この先、ＭＰ学科ではどんなことが起こるだろう。どんな学生と出会えるだろう。未来のことを考えるとわくわくしてくる。これからもこの場所から、福岡を、日本をもっと盛り上げよう。
　未来を担う若者たちと一緒に、今よりもっと、あかるいほうへ。

　詩織たちが築いたものの上にまりあたちが積み上げたものは確かに残って、そこにまた里香たちが積み上げていく。
　そして、さらにまた――。

　新しい四月。桜満開の中、新しい学生たちが入学してくる。

キャスト

山城 まりあ　松本 かりん

坂口 詩織　大森 羽純

滝沢 聖羅　この

森下 舞　轟 愛唯

橋本 萌　松本 奈々

佐伯 里香　森本 凜風

馬場 奈緒子　本間 華子

林 佳奈　茉依
持田 明菜　白石 小雪
佐藤 朱莉　りお
大津 恵　佐藤 祐貴子
市宮 奈乃香　鈴香
岸川 由紀　東郷 朱華
田辺 明子　北島 侑奈
西田 朋美　日坂 菜々子
本村 玲　らいむ

博多ORIHIME
白石 ありさ　上川 まゆ　星乃 あみ

まりあの母　徳永 玲子

北島先生　宮谷 未知子

今井先生　今木 清志

取材協力

松坂 玲奈　高祖 夏姫　蓑毛 麻央
聖花　たまき　金子 朋未

この物語は、西日本短期大学メディア・プロモーション学科の
エピソードをもとに創作したフィクションです

あとがき

この度は私の三冊目の書籍となる『小説アイドル力　あかるいほうへ』を読んでいただき、ありがとうございました。

本書は、私が福岡で短大の先生になって、メディアやエンターテインメントについて教えるかたわら、学生アイドルのプロデュースを手がけた活動をまとめた二冊の本『アイドル力　福岡発！西短ＭＰ学科が日本を楽しくする』、『アイドル力２　福岡発！西短ＭＰ学科が日本をもっと元気にする』をもとに、小説化したものです。

西日本短期大学メディア・プロモーション学科の教授になって福岡に来てからの私と学生たちの四年間の出来事を、「西日本総合短期大学メディア・プロデュース学科」という、架空の短大にある架空の学科の二年間のフィクションのストーリーとして構成しています。

登場人物にはそれぞれモデルがいて、これまで私が接してきて特に印象的だった何人かの学生たちの個性を合わせたキャラクターも多くいます。

そんなふうに学生たちの思いが投影された登場人物たちが、読者のみなさんの心の中で生き生きと実在の人物のように生き続けてくれれば、こんなに嬉しいことはありません。

これまで二冊の本を制作してきて、本作りにおける著者の役割は、私がテレビ局時代に経験してきたドラマ制作におけるプロデューサーの役割に似ていると感じていました。作品作りには大勢の人が参加し、たくさんの工程がありますが、その最初から最後まで責任を持って関わるのがプロデューサーであり、著者の役割でもあります。

本書では、実際の出来事をもとにフィクションの物語を創作し、さらにはそれを文章だけでなく多数の写真で表現するという新たな試みに挑戦しました。そのため、関わってくださった方の数も工程の数もこれまで以上に多く、さらにドラマ制作に近いものを感じました。

今回、構成・撮影を担当していただいたのは福岡で活躍する映画監督の小田憲和さん。小田監督との作品作りは、テレビ朝日でのドラマのプロデューサー時代に多くの監督や脚本家のみなさんとご一緒してきたドラマ制作と、まったく同じ感覚で進めることができました。

物語の登場人物を写真で演じるキャストとして、撮影に参加してくれたのはMP学科の学生たち。自分をモデルにした役を演じた学生もいれば、先輩をモデルにした役を演じた学生もいます。自然に役を演じられるのも、演技の勉強もしているこの学科の学生ならではです。

学生たちだけでなく、学科の先生方も出演してくださっています。私も「今井先生」役で出演。動画ではなく写真の撮影ですが、現場では、監督からカットがかかるまで演じ続けなければなりません。本文中にあるセリフが終わっても、今井先生としてアドリブで演技を続け、学生たちもそれにアドリブで返す。まさにドラマの撮影現場のようでした。

さらに、特別ゲストにもご参加いただきました。白石ありささんを始めとした、博多ORIHIMEのみなさん。物語の中でお名前を使わせていただくことをご快諾くださった上、ご本人役で出演もしていただきました。また、博多ORIHIMEのメンバーでありMP学科の卒業生でもある松本かりんさんには、ご本人をモデルとして創作した役を演じていただきました。改めて、ご協力ありがとうございました。

そのほかにも、物語をつくる過程で取材に協力してくれた、たくさんの卒業生・在校生たち。文章を小説としてブラッシュアップしていく段階でご協力いただいた、小説家の桜井直樹さん。そして、出版社みらいパブリッシングのスタッフのみなさん。たくさんの方にご尽力いただきながら、私の「アイドル力の小説をつくりたい」という想いが一冊の本として形になりました。

関わってくださったすべてのみなさん、本当にありがとうございました。

この物語を読んでくださった読者のみなさんの心には、どんなことが残っているでしょう。小説の世界を楽しんでいただけたなら幸いですし、ドラマや映画を観終わったような感覚になっていただけたならさらに嬉しく思います。

私はドラマのプロデューサー時代、原作として映像化すると面白いドラマになりそうな本を常に探し求めていました。この本が、面白く映像化できそうな原作にもなっていたなら、エンターテインメントの創り手として、著者として、この上ない幸福です。

明るい方を目指す若者たち、アイドル力を発揮して前向きに人生を歩む彼女たちの物語が、多くの方の心に笑顔や元気、ときめきをお届けできますように。

今木清志

小説アイドル力　あかるいほうへ

2024 年 7 月 29 日 初版第 1 刷

著　者　今木清志
発行人　松崎義行
発　行　みらいパブリッシング
〒166-0003 東京都杉並区高円寺南 4-26-12 福丸ビル 6 階
TEL 03-5913-8611　FAX 03-5913-8011
https://miraipub.jp　MAIL info@miraipub.jp

構成・撮影　小田憲和
企画　とうのあつこ
編集　松下郁美
ブックデザイン　洪十六
編集協力　桜井直樹
発　売　星雲社（共同出版社・流通責任出版社）
〒112-0005 東京都文京区水道 1-3-30
TEL 03-3868-3275　FAX 03-3868-6588

印刷・製本　株式会社上野印刷所

ISBN 978-4-434-34009-3 C0093